KB114882

한국 대표 단편선 01

해설과 함께 읽는 **동백꽃 / 돌다리** 외

한국 대표 단편선 01

해설과 함께 읽는 동백꽃 / 돌다리 외

2판 3쇄 2024년 12월 6일
지은이 전도현

펴낸곳 서연비람
등록 2016년 6월 29일 제 2016-000147호
주소 서울시 강남구 언주로30길 57, 제E동 제10층 제1011호
전자주소 birambooks@daum.net

ISBN 979-11-958474-5-7 (54810)
ISBN 979-11-958474-4-0 (전6권)

값 12,000원

해설과 함께 읽는

동백꽃 / 돌다리

외

전도현 엮음

서연비람

이 책을 추천하며

이 책이 청소년들을 위해 만들어졌다는 말을 듣는 순간 내 귀가 번쩍 뜨였다.

한창 자라는 청소년들에게 좋은 소설을 읽어주겠다니 참 아름다운 인간교육이라는 생각을 해본다. 소설은 그 시대가 창출한 가장 강렬한 정신적 유산이자, 미래를 지향하는 상상적 공간일 텐데, 커가는 청소년들로 하여금 그걸 성장의 발판으로 삼게 하겠다니 반갑지 않을 수 없다. 대학에서 소설을 가르치고 연구하고 또 직접 창작을 해온 사람으로서, 문학이 인성개발에 미치는 영향을 높게 평가함은 당연하며, 한바탕 성장과 발육을 향해서만 치닫는 청소년기야말로 좋은 소설을 많이 읽을 때라는 생각을 늘 해온 사람이다.

강소천 선생의 「꿈을 찍는 사진관」을 읽으면서 자랐다. 중학생이 되어 처음 도시로 나간 시골소년 앞에 갑자기 나타난 이 동화집은 나로서는 세상에는 없던 신대륙이나 마찬가지였다. 어떻게 이토록 아름답고도 신비한 글 세상이 존재할 수 있을까. 나는 그동안 모르고 살았던 책들을 찾아 읽기를 계속하였다. 그리고 훨씬 훗날 미국에 가서 한국문학을 소개할 기회가 있었는데, 무엇을 가르칠까 고심하다가 나는 결국 나의 성장기에 읽은 「꿈을 찍는 사진관」을 갖고 가서 읽어주기로 하였다. 그때 그들은 대학생이었지만 그들이 한국을 이해하는 정도는 아직 중학생이었을 것이기 때문이다. 그렇게 한 학기 수업을 마치고 귀국했을 때 나는 내가 미국에 다녀왔다는 생각보다 그들의 세상이 태평양을 건너 우리 대한민국까지 뻗친 것을 보는 것 같아 마음 뿌듯했던 기억이 있다.

이번에 〈서연비람〉이 엮어낸 『해설과 함께 읽는 한국 대표 단편선』이 오늘의 청소년들에게도 같은 즐거움과 보람을 안겨줄 것으로 기대한다. 읽어라! 모르겠거든 알 때까지 읽어라! 이것이 내가 대학에서 가르치고 연구하고 또 소설을 쓰면서 얻은 올바른 소설독법 가운데 하나다. 여기에 친절한 해설까지 곁들였으니 서연비람의 독자들이야말로 천군에 만마를 얻은 셈이다. 모두 6권 40편의 아름다운 단편소설 모음집이 될 것이다. 새로운 작품을 발굴한다는 등의 이유를 걸어 괜히 낯설거나 정체가 불명한 책을 만들기보다는, 좀 해묵어보이더라도 우리 조부모 때부터, 부모 때부터 대를 이어 읽히고 검증을 받아온 모범적인 작품들을 선별하고자 노력한 책이다.

편편이 '작가 소개-작품 해설-작품-선생님이 들려주는 그 시절 이야기'의 순서를 밟아 읽는 이들로 하여금 쉽게 이해할 수 있도록 완벽을 기하였다. 그중에서도 특히 '선생님이 들려주는 그 시절 이야기'는 이 책이 고안한 아주 특별한 코너로서, 그동안 그 어떤 책에서도 보지 못한 선생과 학생의 실체를 여기서 만나게 될 것이다. 학습은 꼭 배워서만 안다기보다 그것을 가르치던 선생님의 회초리와 함께 기억된다는 말이 있다. 배우고 가르치는 일에서 그만큼 교사의 역할이 중요하다는 말일 것이다. 여기 실린 단편들도 그렇게 선생님이 들려주신 그 시절 이야기와 함께 오래 기억될 것을 바라는 마음이다.

송하춘 고려대학교 명예교수

책머리에

이 책은 한국 현대 소설의 세계에 첫발을 들여놓는 청소년들을 위해 만들어졌다. 이제 청소년기에 접어드는 중학 시절은 자아와 세계에 대해 눈떠가는 때이다. 감수성이 예민하고 주변 환경의 영향을 많이 받으며, 신체적 성장과 함께 정서적·사회적 발달도 활발히 이루어진다.

이러한 시기에 접하는 소설 작품들은 다양한 삶의 간접 체험을 제공하여 인생과 세상에 대한 폭넓은 인식을 자극하고 세련된 정서를 길러 준다. 또 예비 수험생들인 학생들로서는 작품에 대한 지식과 감상 능력을 갖추기 위해서라도 반드시 읽어야 하는 대상이다.

소설의 이해와 감상에서 가장 중요한 것은 많은 작품을 직접 읽는 일이다. 그러나 학생들이 막상 현대 소설 작품을 집어 들고 독서를 시작하면 적지 않은 곤란을 느낀다. 초등학교 시절에 접하던 동화 위주의 이야기들과는 현격한 차이가 있기 때문이다.

우선 수많은 낯선 단어들이 학생들에게 당혹감으로 다가온다. 교과서 수록 소설 중에는 거의 100년 전의 작품을 비롯하여, 지금과 상당한 시간적 거리가 있는 시기에 창작된 작품들이 많다. 이들 작품의 어휘와 표현은 웬만한 교양을 갖춘 어른들에게도 쉽지 않다.

또 작품 내용들도 자상한 설명이 없으면 잘 이해되지 않는 부분이 많다. 삶과 사회에 대한 경험 자체가 많지 않은 데다 시대적 격차가 크기 때문이다. 식민지 피지배와 극도의 가난, 분단과 전쟁, 급속한 산업화와 도시화로 이어져 왔던 우리의 근현대사는 아직은 어린 학생들이 자연스럽게 받아들이기에는 무거운 내용이 아닐 수 없다.

필자는 이 같은 학생들의 어려움에 주목하여, 눈높이에 맞는 해설로써 작품 이해를 돕고자 하였다. 책의 제목을 '해설과 함께 읽는 한국 대표 단편선'으로 삼은 것도 이 때문이다. 책의 구성과 체제는 다음과 같다.

우선 첫머리에서 '작가 소개'를 통해 우리 문학사에 기록된 대표적인 작가들의 생애와 소설 세계를 소개하였다. 작가들의 삶과 창작 경향에 대한 이해가 작품 감상의 발판이 되어줄 것이다.

다음으로 줄거리와 주제, 기법적 특징 등을 정리하여 '작품 해설'란에 실었다. 특히 주제와 핵심적인 특징에 초점을 맞춰 기술하여 작품 이해를 돕고자 하였다. 이 해설은 작품 감상 전에 읽어도 좋고, 독서 후에 자신의 느낌과 견주어 보며 읽어도 좋을 듯하다.

그리고 작품의 원문 아래에는 어려운 어휘에 대한 '뜻풀이'를 각주 형식으로 제시하였다. 지금은 잘 쓰이지 않는 옛말과 난해한 한자어, 시골 사람들의 토속어와 방언 등에 대해 그 말뜻과 쓰임새를 가능한 한 쉽고 자세하게 풀이하였다. 이를 통해 학생들이 어휘력을 키우면서 원문의 의미를 정확하게 파악할 수 있을 것이다.

마지막으로 작품 말미에는 '선생님이 들려주는 그 시절 이야기'라는 코너를 통해 작품 이해의 바탕이 될 내용들을 설명하였다. 시대적·공간적 배경, 당시 사람들의 관습과 생활상, 기타 작품에 등장하는 요소들의 이해에 필요한 내용을 대화체로 기술하였다. '서연'과 '태환'이라는 가상의 학생이 질문하고, 선생님이 답하는 형식이다. 이처럼 또래 친구들이 질문하는 형식은 학생들로 하여금 친근함을 느끼면서 주체적인 문제의식을 갖고 작품을 대하게 만들 것으로 기대한다.

　아무쪼록 학생들이 이러한 해설과 도움말을 통해 한국 현대 소설 읽기의 어려움과 부담을 덜고, 재미와 감동을 만끽하면서 작품 감상 능력을 키워 나가기를 바란다.

　　　　　　　　　　　　　　　　　　　　　엮은이 전도현

풋풋한 사랑과
안타까운 사랑 이야기

김유정 「동백꽃」 / 주요섭 「사랑손님과 어머니」

풋풋하고 해학적인 사랑과 안타깝고 애틋한 사랑 이야기를
읽어 보자. 사건의 전모를 이해하지 못하는 순진하거나 어린
화자가 특별한 재미와 효과를 낳고 있다.

동백꽃

김유정 (1908~1937)

작가 소개

　김유정은 강원도 춘천의 농촌 마을에서 태어났으며 서울에서 성장기를 보냈다. 그는 대지주 집안 출신이었다. 춘천에 조상 대대로 물려받은 많은 땅을 가지고 있었고, 서울에도 커다란 집이 있었다.

　하지만 그는 어렸을 때 부모님이 모두 돌아가시는 불운을 겪는다. 일곱 살 때 어머니가 돌아가신 데 이어 아홉 살 때에는 아버지마저 돌아가신 것이다. 그런데 이후 집안의 재산을 물려받은 맏형은 동생을 돌보지 않은 채 방탕한 생활을 하며 땅과 재산을 모두 탕진해 버렸다. 이로 인해 김유정은 생활이 어려워져, 형과 누님네, 삼촌네를 돌아다니며 간신히 학교를 다녔다. 서울 재동공립보통학교와 휘문고등보통학교를 거쳐 연희전문학교 문과에 입학했으나 결국 중퇴하고 말았다. 그 후 연애에도 실패하고 폐병까지 얻게 된 그는 1932년 고향인 실레마을로 내려간다.

　고향의 농촌 마을에서 김유정은 '금병의숙'이라는 학교를 세워 마을 사람들에게 한글을 가르치고, 금광 사업도 벌여 보지만 오래가지는 못하였다. 하지만 이때의 체험이 소설 세계를 이루는 바탕이 되었다. 그의 많은 작품이 바로 이 농촌 마을을 무대로 삼아 농민들의 삶을 그리고 있기 때문이다.

　그가 본격적으로 소설 쓰기를 시작한 것은 다시 서울로 올라온 후였다. 1933년에 「산골 나그네」와 「총각과 맹꽁이」라는 작품을 발표하였고,

1935년에 〈조선일보〉와 〈조선중앙일보〉의 신춘문예에 「소낙비」와 「노다지」가 각각 당선되어 정식으로 문단에 등장하였다. 그해 순수 문학 단체인 구인회에 가입함과 동시에 매우 활발한 창작 활동을 펼치며, 불과 2년 남짓한 기간에 「금 따는 콩밭」, 「만무방」, 「봄봄」, 「동백꽃」 등 30여 편에 이르는 단편 걸작들을 쏟아 내며 문단의 주목을 받았다.

그러나 이렇게 열정적으로 소설을 쓰던 때에 그는 깊은 병마에 시달리고 있었다. 만성적인 늑막염과 폐결핵, 치질 등을 심하게 앓았으나, 약값마저 없어 제대로 치료하지 못하고 쇠약해져 갔다. 병이 악화되는 가운데서도 창작에 몰두하던 그는 결국 등단 2년 만인 1937년, 29세의 젊은 나이에 세상을 달리하고 만다.

농촌을 배경으로 한 김유정의 소설들은 독특한 수법과 개성으로 1930년대 한국 단편 소설의 새로운 지평을 열었다고 평가된다. 그의 농촌 소설들에서는 토속적인 언어 감각과 해학미가 두드러진다. 많은 작품에서 그는 어리숙하고 순박한 인물을 통해 유머와 해학의 수법으로 농민들의 삶의 모습과 정서를 그려 낸다. 또 식민지 농촌 현실의 모순을 정면에서 다루는 경우에도 이를 반어의 기법으로 처리하여 농민들의 고통과 체험을 더욱 인상 깊고 효과적으로 형상화하고 있다. 이런 그의 작품 세계는 독자들에게 현실에 대한 인식과 함께 읽는 재미를 안겨 주고 있다.

작품 해설

이 소설은 1930년대 산골을 배경으로 열일곱 살 동갑내기인 주인공 '나'와 점순이의 사랑을 그리고 있는 작품으로, 김유정 소설의 대표작 중 하나로 꼽힌다.

점순이가 감자를 주며 애정을 표시하지만, 조금 둔감하고 순박한 주인공 '나'는 이를 이해하지 못하고 매몰차게 거절해 버린다. 이에 무안하고 화가 난 점순이는 싸움을 잘하는 자기 집 닭을 동원해 여러 차례 닭싸움을 시키며 '나'를 약오르게 만든다.

그러던 어느 날 우리 집 닭을 거의 다 죽게 만들어 놓고 능청맞게 호드기를 불고 있는 점순이를 보고 '나'는 점순네 닭을 작대기로 후려쳐 죽이고 만다. 마름네 닭을 죽여 후환이 두려워진 '나'는 결국 울음을 터트리는데, 그때 점순이가 다가와 화해를 청하고 이에 '나'는 영문도 제대로 모른 채 그러마 하고 약속한다. 그 순간 점순이가 나를 밀어뜨려 둘은 동백꽃 속으로 함께 파묻힌다는 것이 줄거리이다.

이 작품은 1인칭 주인공 시점을 택하고 있다. 주인공이 직접 자신에게 일어난 일을 서술하는 방식이다. 1인칭 주인공 시점의 서술은 대개 주인공의 심리나 내면세계를 효과적으로 표현하는 장점을 지니지만, 이 작품에서는 다른 효과를 거두고 있다.

그것은 독자들로 하여금 미소를 머금고 이야기 전개를 지켜보게 만드는 것이다. 이는 작품에서 주인공 '나'를 조금 무디고 순박한 인물로 설정했기 때문에 가능했다. 행주치마 속에 감자를 숨겨와 건네주며 사랑을 표시하는 점순이의 행동을 '나'는 전혀 이해하지 못한다. 거들떠보지도 않고 거절하는 '나'에게 무안을 당한 점순이가 얼굴이 빨개지고 눈에 눈물까지 어리지만, '나'는 도통 사태를 알아차리지 못한다. 이후에도 닭싸움을 시키며 괴롭히는 점순이의 의도를 전혀 알지 못하는 것이다.

작품의 독특한 해학미는 여기서 생겨난다. 작품 속의 순진한 주인공 '나'와 달리, 이 이야기를 읽고 있는 독자들은 주인공을 좋아하면서도 일부러 괴롭히는 점순이의 마음과 행동을 모두 눈치채고 있다. 그런 독자들의 눈에 비친, 주인공의 행동과 모습이 웃음과 흥미를 자아내는 것이다.

이처럼 이 소설은 동백꽃이 핀 봄날 시골 마을을 배경으로, 순수한 젊은 남녀의 사랑을 익살스러운 유머가 넘치는 수법으로 그려 낸 작품이다. 이런 해학미와 더불어 농촌 사람들의 정서와 생활 감정을 실감 나게 느끼게 하는 향토성도 이 작품의 장점이자 특징이다. 다양한 토속어, 생생한 의성어와 의태어의 구사, 그리고 '닭싸움'과 같은 민속적인 놀이와 '동백꽃'의 자연 배경이 그런 효과를 자아내고 있다.

동백꽃

오늘도 우리 수탉이 막 쫓기었다. 내가 점심을 먹고 나무를 하러 갈 양으로 나올 때이었다.

산으로 올라서려니까 등 뒤에서 푸드덕푸드덕하고 닭의 횃소리1가 야단이다. 깜짝 놀라서 고개를 돌려보니 아니나 다르랴, 두 놈이 또 얼리었다.

점순네 수탉 (대강이2가 크고 똑 오소리같이 실팍하게3 생긴 놈)이 덩저리4 작은 우리 수탉을 함부로 해내는5 것이다. 그것도 그냥 해내는 것이 아니라 푸드덕하고 면두6를 쪼고 물러섰다가 좀 사이를 두고 또 푸드덕하고 모가지를 쪼았다. 이렇게 멋을 부려 가며 여지없이 닭아 놓는다.7 그러면

---

1 횃소리 : 닭이 홰를 치는 소리. '홰'는 닭이 올라앉을 수 있도록 닭장 속에 가로질러 놓은 나무 막대를 가리키므로 '홰를 친다'는 이 나무 막대를 친다는 뜻이다. 하지만 실제로는 닭이 날개를 푸드덕거리며 자신을 몸통을 치며 우는 것을 나타낸다.

2 대강이 : '머리'를 속되게 부르는 말

3 실팍하다 : 사람이나 물건 따위가 보기에 매우 실하다.

4 덩저리 : '몸집'을 속되게 이르는 말

5 해내다 : 상대편을 여지없이 이겨 내다.

6 면두 : '볏'의 방언. '볏'은 닭이나 꿩 등의 새의 머리에 붙어 있는, 색깔이 붉고 톱니처럼 생긴 살 조각을 가리킨다.

7 닭다 : 휘몰아서 나무라다. 상대를 휘몰아치면서 궁지에 몰아넣는다.

이 못생긴 것은 쪼일 적마다 주둥이로 땅을 받으며 그 비명이 킥, 킥 할 뿐이다. 물론 미처 아물지도 않은 면두를 또 쪼이어 붉은 선혈은 뚝뚝 떨어진다.

이걸 가만히 내려다보자니 내 대강이가 터져서 피가 흐르는 것같이 두 눈에서 불이 번쩍 난다. 대뜸 지게막대기를 메고 달려들어 점순네 닭을 후려칠까 하다가 생각을 고쳐먹고 헛매질로 떼어만 놓았다.

이번에도 점순이가 쌈을 붙여 놨을 것이다. 바짝바짝 내 기를 올리느라고 그랬음에 틀림없을 것이다.

고놈의 계집애가 요새로 들어서서 왜 나를 못 먹겠다고 그렇게 아르렁거리는지 모른다.

나흘 전 감자 쪼간[8]만 하더라도 나는 저에게 조금도 잘못한 것은 없다. 계집애가 나물을 캐러 가면 갔지 남 울타리 엮는 데 쌩이질[9]을 하는 것은 다 뭐냐. 그것도 발소리를 죽여 가지고 등 뒤로 살며시 와서,

"얘! 너 혼자만 일하니?"

하고 긴치 않은 수작을 하는 것이었다.

어제까지도 저와 나는 이야기도 잘 않고 서로 만나도 본척만척하고 이렇게 점잖게 지내던 터이련만 오늘로 갑작스레 대견해졌음은 웬일인가. 항차 망아지만 한 계집애가 남 일하는 놈 보고……

8 쪼간 : 어떤 사건
9 쌩이질 : 한창 바쁠 때에 쓸데없는 일로 남을 귀찮게 구는 짓

"그럼 혼자 하지 떼루 하디?"

내가 이렇게 내뱉은 소리를 하니까,

"너 일하기 좋니?"

또는,

"한여름이나 되거든 하지 벌써 울타리를 하니?"

잔소리를 두루 늘어놓다가 남이 들을까 봐 손으로 입을 틀어막고는 그 속에서 깔깔댄다. 별로 우스울 것도 없는데 날씨가 풀리더니 이놈의 계집애가 미쳤나 하고 의심하였다. 게다가 조금 뒤에는 제 집께를 할금할금 돌아보더니 행주치마10의 속으로 꼈던 바른손11을 뽑아서 나의 턱 밑으로 불쑥 내미는 것이다. 언제 구웠는지 아직도 더운 김이 홱 끼치는 굵은 감자 세 개가 손에 뿌듯이 쥐였다.

"느 집엔 이거 없지?"

하고 생색 있는 큰소리를 하고는 제가 준 것을 남이 알면 큰일 날 테니 여기서 얼른 먹어 버리란다. 그리고 또 하는 소리가,

"너 봄 감자가 맛있단다."

"난 감자 안 먹는다, 니나 먹어라."

나는 고개도 돌리려고 않고 일하던 손으로 그 감자를 도로 어깨 너머로 쑥 밀어 버렸다.

---

10 행주치마 : 부엌일을 할 때 덧입는 작은 치마

11 바른손 : 오른쪽에 있는 손

그랬더니 그래도 가는 기색이 없고, 뿐만 아니라 쌔근쌔근하고 심상치 않게 숨소리가 점점 거칠어진다. 이건 또 뭐야 싶어서 그때에야 비로소 돌아다보니 나는 참으로 놀랐다. 우리가 이 동리에 들어온 것은 근 삼 년째 되어 오지만 여태껏 가무잡잡한 점순이의 얼굴이 이렇게까지 홍당무처럼 새빨개진 법이 없었다. 게다 눈에 독을 올리고 한참 나를 요렇게 쏘아보더니 나중에는 눈물까지 어리는 것이 아니냐. 그리고 바구니를 다시 집어 들더니 이를 꼭 악물고는 엎더질12 듯 자빠질 듯 논둑으로 힁허케13 달아나는 것이다.

어쩌다 동리 어른이,

"너 얼른 시집가야지?"

하고 웃으면,

"염려 마서유. 갈 때 되면 어련히 갈라구!"

이렇게 천연덕스레 받는 점순이었다. 본시 부끄럼을 타는 계집애도 아니려니와 또한 분하다고 눈에 눈물을 보일 얼병이14도 아니다. 분하면 차라리 나의 등어리를 바구니로 한 번 모질게 후려 쌔리고 달아날지언정.

그런데 고약한 그 꼴을 하고 가더니 그 뒤로는 나를 보면 잡아먹으려고 기를 복복 쓰는 것이다.

---

12 엎더지다 : 잘못하여 앞으로 넘어지다.

13 힁허케 : '휑하게'. 거침없이.

14 얼병이 : 얼뜨기. 겁이 많고 어리석으며 다부지지 못하여 어수룩하고 얼빠져 보이는 사람을 낮잡아 이르는 말

설혹 주는 감자를 안 받아먹은 것이 실례라 하면, 주면 그냥 주었지 "느 집엔 이거 없지?"는 다 뭐냐. 그렇잖아도 즈이는 마름이고 우리는 그 손에서 배재15를 얻어 땅을 부치므로 일상 굽실거린다. 우리가 이 마을에 처음 들어와 집이 없어서 곤란으로 지낼 제 집터를 빌리고 그 위에 집을 또 짓도록 마련해 준 것도 점순네의 호의였다. 그리고 우리 어머니 아버지도 농사 때 양식이 달리면 점순네한테 가서 부지런히 꾸어다 먹으면서 인품 그런 집은 다시없으리라고 침이 마르도록 칭찬하곤 하는 것이다. 그러면서도 열일곱씩이나 된 것들이 수군수군하고 붙어 다니면 동리의 소문이 사납다고 주의를 시켜 준 것도 또 어머니였다. 왜냐하면 내가 점순이하고 일을 저질렀다가는 점순네가 노할 것이고, 그러면 우리는 땅도 떨어지고 집도 내쫓기고 하지 않으면 안 되는 까닭이었다.

그런데 이놈의 계집애가 까닭 없이 기를 복복 쓰며 나를 말려 죽이려고 드는 것이다.

눈물을 흘리고 간 다음 날 저녁나절이었다. 나무를 한 짐 잔뜩 지고 산을 내려오려니까 어디서 닭이 죽는 소리를 친다. 이거 뉘 집에서 닭을 잡나, 하고 점순네 울16 뒤로 돌아오다가 나는 두 눈이 뚱그래졌다. 점순이가 즈 집 봉당17에 홀로 걸터앉았는데 이게 치마 앞에다 우리 씨암

15 배재 : 마름과 소작인이 주고받는 소작권 위임 문서. 여기서는 농토가 없는 농민이 지주의 농지를 빌려 농사를 지을 수 있는 권리인 소작권을 가리키는 말로 쓰였다.

16 울 : 풀이나 나무 또는 돌 따위를 얽거나 쌓아서 경계를 지어 집 둘레를 막은 것.

17 봉당 : 주택 내부인 안방과 건넌방 사이에 마루를 놓지 않고 흙바닥 그대로 둔 곳

닭을 꼭 붙들어 놓고는,

"이놈의 닭 죽어라, 죽어라."

요렇게 암팡스레18 패 주는 것이 아닌가. 그것도 대가리나 치면 모른
다마는 아주 알도 못 낳으라고 볼기짝께를 주먹으로 콕콕 쥐어박는 것
이다.

나는 눈에 쌍심지가 오르고 사지가 부르르 떨렸으나 사방을 한 번 휘
돌아보고야 그제서 점순이 집에 아무도 없음을 알았다. 잡은 참 지게막
대기를 들어 울타리의 중턱을 후려치며,

"이놈의 계집애! 남의 닭 알 못 나라구 그러니?"
하고 소리를 빽 질렀다.

그러나 점순이는 조금도 놀라는 기색이 없고 그대로 의젓이 앉아서 제
닭 가지고 하듯이 또 죽어라, 죽어라, 하고 패는 것이다. 이걸 보면 내가
산에서 내려올 때를 겨냥해 가지고 미리부터 닭을 잡아 가지고 있다가
네 보란 듯이 내 앞에 쥐지르고19 있음이 확실하다. 그러나 나는 그렇다
고 남의 집에 뛰어 들어가 계집애하고 싸울 수도 없는 노릇이고 형편이
썩 불리함을 알았다. 그래 닭이 맞을 적마다 지게막대기로 울타리나 후려
칠 수밖에 별도리가 없다. 왜냐하면 울타리를 치면 칠수록 울섶20이 물러

---

18 암팡스럽다 : 보기에 암팡지다. 몸은 작아도 야무지고 다부진 면이 있다.
19 쥐지르다 : 주먹으로 힘껏 내지르다.
20 울섶 : 울타리를 만드는데 쓰는 섶나무

앉으며 뼈대만 남기 때문이다. 하나 아무리 생각하여도 나만 밑지는 노릇이다.

"아, 이년아! 남의 닭 아주 죽일 터이냐?"

내가 도끼눈을 뜨고 다시 꽥 호령을 하니까 그제야 울타리께로 쪼르르 오더니 울 밖에 섰는 나의 머리를 겨누고 닭을 내팽개친다.

"예이, 더럽다 더럽다"

"더러운 걸 널더러 입때21 끼고 있으랬니? 망할 계집애 년 같으니!" 하고 나도 더럽단 듯이 울타리께를 횡허케 돌아내리며 약이 오를 대로 다 올랐다, 라고 하는 것은 암탉이 풍기는 서슬에 나의 이마빼기에다 물찌똥을 찍 깔겼는데 그걸 본다면 알집만 터졌을 뿐 아니라 골병은 단단히 든 듯싶다. 그리고 나의 등 뒤를 향하여 나에게만 들릴 듯 말 듯한 음성으로 ,

"이 바보 녀석아"

"얘! 너 배냇병신22이지?"

그만도 좋으련만,

"얘! 너 느 아버지가 고자라지?"

"뭐? 울 아버지가 그래 고자야?"

할 양으로 열벙거지23가 나서 고개를 홱 돌리어 바라봤더니 그때까지

---

21 입때 : 여태.
22 배냇병신 : '태어날 때부터의 병신'이란 뜻으로, '선천 기형'을 낮잡아 이르는 말
23 열벙거지 : 매우 급하게 치밀어 오르는 화를 가리키는 말

울타리 위로 나와 있어야 할 점순이의 대가리가 어디 갔는지 보이지를 않는다. 그러다 돌아서서 오자면 아까에 한 욕을 울 밖으로 또 퍼붓는 것이다. 욕을 이토록 먹어 가면서도 대거리24 한마디 못 하는 걸 생각하니 돌부리에 채어 발톱 밑이 터지는 것도 모를 만큼 분하고 급기야는 두 눈에 눈물까지 불끈 내솟는다.

그러나 점순이의 침해는 이것뿐이 아니다.

사람들이 없으면 틈틈이 즈 집 수탉을 몰고 와서 우리 수탉과 쌈을 붙여 놓는다. 즈 집 수탉은 썩 험상궂게 생기고 쌈이라면 홰를 치는 고로 으레 이길 것을 알기 때문이다. 그래서 툭하면 우리 수탉이 면두며 눈깔이 피로 흐드르하게 되도록 해 놓는다. 어떤 때에는 우리 수탉이 나오지를 않으니까 요놈의 계집애가 모이를 쥐고 와서 꼬여 내다가 쌈을 붙인다.

이렇게 되면 나도 다른 배채25를 차리지 않을 수 없다. 하루는 우리 수탉을 붙들어 가지고 넌지시 장독께로 갔다. 쌈닭에게 고추장을 먹이면 병든 황소가 살모사를 먹고 용을 쓰는 것처럼 기운이 뻗친다 한다. 장독에서 고추장 한 접시를 떠서 닭 주둥아리께로 들이밀고 먹여 보았다. 닭도 고추장에 맛을 들였는지 거스르지 않고 거진26 반 접시 턱이나 곧잘 먹는다.

---

24 대거리 : 상대편에 맞서 대드는 말이나 행동
25 배채 : 어떤 일에 대응하기 위한 준비나 계획
26 거진 : '거의'의 방언

그리고 먹고 금세는 용을 못 쓸 터이므로 얼마쯤 기운이 들도록 홰 속에다 가두어 두었다.

밭에 두엄을 두어 짐 져내고 나서 쉴 참에 그 닭을 안고 밖으로 나왔다. 마침 밖에는 아무도 없고 점순이만 저희 울 안에서 헌옷을 뜯는지 혹은 솜을 타는지[27] 웅크리고 앉아서 일을 할 뿐이다.

나는 점순네 수탉이 노는 밭으로 가서 닭을 내려놓고 가만히 맥을 보았다. 두 닭은 여전히 얼리어 쌈을 하는데 처음에는 아무 보람이 없다. 멋지게 쪼는 바람에 우리 닭은 또 피를 흘리고 그러면서도 날갯죽지만 푸드덕 푸드덕 하고 올라 뛰고 뛰고 할 뿐으로 제법 한번 쪼아 보도 못 한다.

그러나 한번은 어쩐 일인지 용[28]을 쓰고 펄쩍 뛰더니 발톱으로 눈을 하비고[29] 내려오며 면두를 쪼았다. 큰 닭도 여기에는 놀랐는지 뒤로 멈씰하며[30] 물러난다. 이 기회를 타서 작은 우리 수탉이 또 날쌔게 덤벼들어 다시 면두를 쪼니 그제는 감때사나운[31] 그 대강이에서도 피가 흐르지 않을 수 없었다. 옳다 알았다, 고추장만 먹이면 되는구나, 하고 나는 속으로 아주 쟁그라워[32] 죽겠다. 그때에는 뜻밖에 내가 닭쌈을 붙여

---

27 타다 : 뭉치거나 오래된 솜을 다시 부드럽게 부풀리다.
28 용 : 한꺼번에 모아서 내는 센 힘
29 하비다 : 손톱이나 날카로운 물건 따위로 조금 긁어 파다.
30 멈씰하다 : '멈칫하다'의 방언
31 감때사납다 : 사물이 험하고 거칠다.
32 쟁그럽다 : '쟁글쟁글하다'. 미운 사람이나 상대의 실수를 보아 아주 고소하다는 뜻

놓는 데 놀라서 울 밖으로 내다보고 섰던 점순이도 입맛이 쓴지 눈살을 찌푸렸다.

나는 두 손으로 볼기짝을 두드리며 연방,

"잘한다 잘한다"

하고 신이 머리끝까지 뻗치었다.

그러나 얼마 되지 않아서 넋이 풀리어 기둥같이 묵묵히 서 있게 되었다. 왜냐하면 큰 닭이 한번 쪼이면 앙갚음으로 호들갑스레 연거푸 쪼는 서슬에 우리 수탉은 찔끔 못 하고 막 곯는다. 이걸 보고서 이번에는 점순이가 깔깔거리고 되도록 이쪽에서 많이 들으라고 웃는 것이다.

나는 보다 못하여 덤벼들어서 우리 수탉을 붙들어 가지고 집으로 들어왔다. 고추장을 좀 더 먹였더라면 좋았을 걸 너무 급하게 쌈을 붙인 것이 퍽 후회가 난다. 장독께로 돌아와서 다시 턱 밑에 고추장을 들이댔다. 흥분으로 말미암아 그런지 당최33 먹질 않는다.

나는 하릴없이34 닭을 반듯이 누이고 그 입에다 궐련35 물부리36를 물리었다. 그리고 고추장 물을 타서 그 구멍으로 조금씩 들이부었다. 닭은 좀 괴로운지 킥킥 하고 재채기를 하는 모양이나 그러나 당장의 괴로움은 매일같이 피를 흘리는 데 댈 게 아니라 생각하였다.

---

33 당최 : '도무지', '영'의 뜻을 나타내는 말
34 하릴없이 : 달리 어떻게 할 도리가 없이.
35 궐련 : 얇은 종이로 가늘고 길게 말아 놓은 담배
36 물부리 : 담배를 끼워서 빠는 물건. 빨부리

그러나 한 두어 종지 가량 고추장 물을 먹이고 나서는 나는 고만 풀이 죽었다. 싱싱하던 닭이 왜 그런지 고개를 살며시 뒤틀고는 손아귀에서 뻐드러지는37 것이 아닌가. 아버지가 볼까 봐서 얼른 홰에다 감추어 두었더니 오늘 아침에서야 겨우 정신이 든 모양 같다.

그랬던 걸 이렇게 오다 보니까 또 쌈을 붙여 놓으니 이 망할 계집애가 필연 우리 집에 아무도 없는 틈을 타서 제가 들어와 홰에서 꺼내 가지고 나간 것이 분명하다.

나는 다시 닭을 잡아다 가두고 염려는 스러우나 그렇다고 산으로 나무를 하러 가지 않을 수도 없는 형편이었다. 소나무 삭정이를 따며 가만히 생각해 보니 암만해도 고년의 목쟁이를 돌려놓고 싶다. 이번에 내려가면 망할년 등줄기를 한번 되게 후려치겠다 하고 싱둥겅둥38 나무를 지고는 부리나케 내려왔다.

거지반39 집에 다 내려와서 나는 호드기40 소리를 듣고 발이 딱 멈추었다. 산기슭에 널려 있는 굵은 바윗돌 틈에 노란 동백꽃이 소보록하니 깔리었다. 그 틈에 끼어 앉아서 점순이가 청승맞게시리 호드기를 불고 있는 것이다. 그보다도 더 놀란 것은 그 앞에서 또 푸드덕푸드덕 하고

---

37 뻐드러지다 : 굳어서 뻣뻣하게 되다.
38 싱둥겅둥 : 건성건성. 정성을 들이지 않고 대강대강 일을 하는 모양
39 거지반 : 거의 절반 가까이.
40 호드기 : 봄철에 물오른 버드나무 가지의 껍질을 고루 비틀어 뽑은 껍질이나 짤막한 밀짚 토막 따위로 만든 피리

들리는 닭의 횟소리다. 필연코 요년이 나의 약을 올리느라고 또 닭을 집어내다가 내가 내려올 길목에다 쌈을 시켜 놓고 저는 그 앞에 앉아서 천연스레 호드기를 불고 있음에 틀림없으리라.

나는 약이 오를 대로 다 올라서 두 눈에서 불과 함께 눈물이 푹 쏟아졌다. 나무 지게도 벗어 놀 새 없이 그대로 내동댕이치고는 지게막대기를 뻗치고 허둥지둥 달려들었다.

가까이 와 보니 과연 나의 짐작대로 우리 수탉이 피를 흘리고 거의 빈사지경41에 이르렀다. 닭도 닭이려니와 그러함에도 불구하고 눈 하나 깜짝 없이 고대로 앉아서 호드기만 부는 그 꼴에 더욱 치가 떨린다. 동리에서도 소문이 났거니와 나도 한때는 걱실걱실히42 일 잘하고 얼굴 예쁜 계집애인 줄 알았더니 시방 보니까 그 눈깔이 꼭 여우새끼 같다.

나는 대뜸 달려들어서 나도 모르는 사이에 큰 수탉을 단매43로 때려 엎었다. 닭은 푹 엎어진 채 다리 하나 꼼짝 못 하고 그대로 죽어 버렸다. 그리고 나는 멍하니 섰다가 점순이가 매섭게 눈을 홉뜨고44 닥치는 바람에 뒤로 벌렁 나자빠졌다.

"이놈아! 너 왜 남의 닭을 때려죽이니?"

"그럼 어때?"

---

41 빈사지경 : 거의 죽게 된 처지나 형편
42 걱실걱실히 : 성질이 너그러워 말과 행동을 시원스럽게 하는 모양
43 단매 : 단 한 번 때리는 매
44 홉뜨다 : 눈알을 위로 굴리고 눈시울을 위로 치뜨다.

하고 일어나다가,

"뭐 이 자식아 누 집 닭인데!"

하고 복장[45]을 떠미는 바람에 다시 벌렁 자빠졌다. 그리고 나서 가만히 생각을 하니 분하기도 하고 무안도 스럽고 또 한편 일을 저질렀으니 인젠 땅이 떨어지고 집도 내쫓기고 해야 될는지 모른다. 나는 비슬비슬 일어나며 소맷자락으로 눈을 가리고는 얼김에 엉, 하고 울음을 놓았다. 그러나 점순이가 앞으로 다가와서,

"그럼 너 이 담부턴 안 그럴 테냐"

하고 물을 때에야 비로소 살길을 찾은 듯싶었다. 나는 눈물을 우선 씻고 뭘 안 그러는지 명색도 모르건만,

"그래!"

하고 무턱대고 대답하였다.

"요 담부터 또 그래 봐라. 내 자꾸 못살게 굴 테니."

"그래 인젠 안 그럴 테야!"

"닭 죽은 건 염려 마라. 내 안 이를 테니"

그리고 뭣에 떠다밀렸는지 나의 어깨를 짚은 채 그대로 퍽 쓰러진다. 그 바람에 나의 몸뚱이도 겹쳐서 쓰러지며 한창 피어 퍼드러진 노란 동백꽃 속으로 푹 파묻혀 버렸다.

알싸한, 그리고 향긋한 그 냄새에 나는 땅이 꺼지는 듯이 온 정신이

---

45 복장 : 가슴의 한복판

고만 아찔하였다.

"너 말 마라?"

"그래"

조금 있더니 요 아래서,

"점순아 점순아 이년이 바느질을 하다 말구 어딜 갔어!"

하고 어딜 갔다 온 듯싶은 그 어머니가 역정이 대단히 났다.

점순이가 겁을 잔뜩 집어먹고 꽃 밑을 살금살금 기어서 산 아래로 내려간 다음 나는 바위를 끼고 엉금엉금 기어서 산 위로 치빼지⁴⁶ 않을 수 없었다.

---

46 치빼다 : 냅다 달아나다.

선생님이 들려주는 그 시절 이야기

서연 : 선생님, 저 지금 김유정의 「동백꽃」이란 작품을 읽었어요. 주인공 '나'와 점순이의 사랑 이야기를 재미있게 그려 놓은 거 같아요. 그런데 주인공 '나'는 왜 점순이한테 당하기만 해요? 점순이가 자기네 닭을 못살게 굴거나 억지로 싸움을 붙여 다 죽게 만들어도 적극적으로 대항을 못 하잖아요. 마지막 결말 부분에서는 참다못해 점순네 닭을 막대기로 후려쳐 죽이기는 하지만요.

선생님 : 왜 그런 거 같니? 작품 속에서 이유를 한번 찾아볼래?

서연 : 음……, 주인공이 점순이네 집보다 뭔가 신분상 낮은 계급인 거 같아요. "그렇잖아도 즈이는 마름이고 우리는 그 손에서 배재를 얻어 땅을 부치므로 일상 굽실거린다."란 구절이 그걸 보여 주고요.

선생님 : 그래, 맞아. 그럼 '마름'은 뭐고, 둘은 어떤 관계니?

서연 : 잘 모르겠어요. 설명해 주세요.

선생님 : 그래. '마름'이란 지주를 대신해서 소작권을 관리하는 사람이야. 이 말을 이해하려면, 우선 '지주'와 '소작농'에 대해 알아야 한다. '지주'는 농지를 소유한 사람이고, '소작농'이란 다른 사람의 땅을 빌려 농사를 짓는 사람을 말하는 거야. 땅을 빌린 대가로 일정한 돈이나 곡식을 바치면서 말이지.

그런데 농지를 많이 가진 지주는 수많은 소작농을 일일이 상대하기 힘드니까, 대개 중간에 마름이라는 사람을 고용해서 관리한단다. 그러니까 지주를 대신해 소작농들이 어떤 땅을 농사지을 수 있을지 실질적으로 결정하는 사람이 마름이라고 보면 된다.

자기 땅이 없는 소작농들은 농지를 빌릴 수 없게 되면 당장 먹고살기가 힘드니까, 마름에게 굽실거릴 수밖에 없었던 거야. 이 작품에서 점순이는 마름네 딸이고, 주인공 '나'는 소작농의 아들이야. 그래서 주인공이 억울해도 참으려고 했던 거고…….

서연 : 네, 알겠어요. 그럼, 당시에 소작농이 많았나요?

선생님 : 그랬단다. 이 소설은 1930년대 강원도 산골의 농촌을 배경으로 하고 있지? 일제 강점기였던 당시에는 일제의 농간과 수탈로 많은 농민들이 자기 땅을 잃고, 일본인 또는 조선인 지주의 소작농으로 전락했어. 수많은 농민들이 가난하고 먹고살기 힘들었던 시기였지. 그래서 살길을 찾아 고향을 버리고 만주로 이주해 간 농민들도 많았단다.

서연 : 그랬군요. 그런데 이 작품 속에서는 그런 신분 차이가 심각한 문제나 갈등으로 이어지지는 않는 거 같아요. 결말에서 오히려 서로 화해하고 사랑에 빠지게 되잖아요?

선생님 : 그래 정확하게 읽었구나. 그게 김유정 소설의 특징 중 하나라고 할 수 있지. 마름과 소작농의 관계는 심각하게 다루면 매우 큰 갈등과 싸움의 요소가 되지. 실제로 그런 관점에서 농민의 이야

기를 다루고 있는 소설들도 많고…….

그런데 이 작품에서는 그런 갈등적 요소가 오히려 웃음과 화해의 배경이 되고 있어. 신분 차이 때문에 주인공이 괴롭힘을 당해도 참다가 결말 부분에서는 결국 너무 화가 나서 점순네 닭을 때려죽이고는, 곧 후환이 두려워 울음을 터트리고 말지. 그런데 바로 그 사건이 갈등을 해소하는 계기가 돼서, 얼떨결에 화해하고 함께 꽃밭 속에 파묻히잖니? 그 장면을 읽다 보면 미소를 짓게 되지 않니?

서연 : 네, 그랬어요. 호호!

선생님 : 그렇게 어두운 농촌 현실을 바탕에 깔고 있으면서도, 익살스럽게 웃음을 자아내며 때 묻지 않은 두 남녀의 사랑을 그려 내는 것이 김유정의 장기라고 할 수 있지. 농촌을 배경으로 했던 당시의 다른 작가의 소설들에서는 찾아보기 어려운 특징이란다.

태환 : 선생님, 저도 질문 있어요. 이 작품에서 닭싸움시키는 장면이 여러 번 나오잖아요? 닭싸움은 좀 더 자세하게 어떻게 하는 것이고, 당시에는 정말 닭싸움이란 걸 많이 시켰나요?

선생님 : 닭싸움이란 예전에 닭끼리 싸움을 붙여서 이를 보고 즐기거나 내기를 거는 놀이였단다. 지금은 거의 사라졌지만, 광복 전까지는 성행하던 민속적인 놀이나 내기의 하나였지. 우리나라뿐 아니라 중국과 동남아시아 여러 나라에서도 즐겼다고 하더구나.

태환 : 그렇군요. 그런데 이 작품에서 '닭싸움'이 어떤 의미를 나타내는 거 같아요. 닭싸움도 싸움이니까 갈등과 관련이 있나요?

선생님 : 그래, 그런 생각도 했었니? 점순이가 자꾸 닭싸움을 시키니까 주
인공이 몹시 화가 나고 갈등이 심해지니 맞는 말이야. 하지만 거
기서 그치지 않고 화해하는 계기도 되지 않니?
점순이는 자신의 애정을 몰라주니까 닭싸움을 자꾸 시킨 거고,
그건 사실 사랑의 표현이기도 한 거 아니겠니? 또 결말에서도
닭을 죽인 일을 비밀로 하기로 약속하면서 서로 화해하게 되고
말이지…….

태환 : 네, 그럼 갈등과 화해의 두 가지 의미를 다 나타낸다고 보면 되
겠네요?

선생님 : 그렇게 볼 수 있지. 그리고 한 가지 덧붙이자면, 아까 말한 대
로, 닭싸움은 조금 잔인하긴 해도 당시 농민들이 즐기던 놀이였
으니까, 작품의 향토성과 토속성을 조성하는 기능도 있다고 할
수 있어.

서연 : 토속성, 향토성이 뭐예요?

선생님 : 어떤 지방에만 있는 특별한 풍속을 느끼게 해 주는 거야. 다시
말해 시골의 분위기나 정취를 강하게 풍기는 걸 말하지.

서연 : 그러니까 김유정 소설이 농촌을 배경으로 그 분위기나 정서를
실감 나게 잘 표현하고 있다는 말이네요?

선생님 : 맞아. 작품 속에 나오는 시골 사람들이 쓰는 다양한 토속어도 그
런 기능을 한다.

서연 : 네, 잘 알겠어요. 그런데 마지막으로 한 가지 더 물어볼게요. 이
작품의 제목이 '동백꽃'이잖아요? 마지막 결말 부분에서 두 남녀

가 화해하는 장소의 배경으로도 나오고요.

그런데 그 구절을 보면 '한창 피어 퍼드러진 노란 동백꽃'이라고 했는데, 동백꽃은 빨간색 아닌가요? 지난겨울에 제가 부모님과 함께 여수 오동도에서 봤던 동백꽃은 분명 빨간색이었어요.

선생님 : 하하, 그래 무슨 말인지 알겠어. 네 말대로 빨간 꽃이 피는 동백나무는 따뜻한 남쪽 지방에서 자라는 나무야. 이 작품의 배경인 강원도에서는 찾아보기 어렵지.

이 소설 속 고장 사람들이 '동백꽃'이라고 부르는 것은 사실 '생강나무'의 꽃이란다. 잎과 줄기에서 생강 냄새가 나서 생강나무라고 하는데, 예전에 그 열매로 기름을 짜서 동백기름 대신 사용해서 '동백'이라고도 불렀단다. 동백기름은 예전에 부녀자들이 머릿기름으로 많이 사용했어. 그런데 강원도에는 동백나무가 자라지 않으니, 생강나무 열매를 대신 썼고 그래서 '동백'이라고도 불렀던 거다.

태환 : 그렇군요! 저도 이번에 처음 알았어요. 그런데 서연이 말처럼, 이 작품에서 '동백꽃'은 제목으로도 사용되고, 결말 부분에서 중요한 배경으로 나오잖아요? 소설의 배경은 흔히 주제를 암시하기도 한다던데, 이 작품에서 '동백꽃'은 어떤 의미가 있나요?

선생님 : 우선 이 나무는 우리나라 산골의 산속이나 숲 가장자리에서 흔하게 자라. 그래서 시골의 정취나 분위기를 느끼게 하지. 앞에서 말한 '닭싸움'과 함께, 김유정 소설에서 자주 느낄 수 있는 향토성과 토속성을 보여 주는 소재라 할 수 있어.

또 그 노란 꽃은 이른 봄에 잎보다 먼저 피는데, 봄을 맞이해서 흐드러지게 피어난 꽃은 생명력과 사랑을 암시하지. 그래서 결말 부분에 그 꽃밭 속으로 두 남녀가 파묻히는 장면이 아름답고 인상 깊게 기억에 남을 수 있는 거고 말이지.

태환 : 네, 잘 알겠습니다.

서연 : 선생님 말씀을 듣고 나니, 작품이 더 재미있게 느껴져요. 감사합니다!

사랑손님과
어머니

주요섭(1902~1972)

작가 소개

주요섭은 평양에서 목사의 아들로 태어났다. 당시 평양을 비롯한 평안도 지역은 일찍이 기독교를 통해 서양의 신문물을 받아들여 많은 근대적 지식인과 문인을 배출했던 곳이었다.

이광수, 김동인, 전영택, 김억, 김소월, 주요한 등 우리나라 근대 문학 초창기를 대표하는 많은 문인들도 이 지역 출신이었다. 「불놀이」로 유명한 시인 주요한이 바로 그의 형이었으며, 주요섭 역시 이런 시대적, 지역적 풍토 아래에서 탄생한 소설가라 할 수 있다.

그는 일본, 중국, 미국 등 여러 나라에 유학하였는데, 먼저 1918년 숭실중학교 3학년 때 형 요한이 유학 중이던 일본으로 건너가 아오야마학원에서 공부하였다. 이듬해 3·1운동이 일어날 무렵에는 귀국해서 김동인과 함께 지하신문을 만들다가 체포되어 10개월 동안 옥살이를 했고, 그 후 중국으로 망명하여 유학하다가 다시 미국으로 건너가 스탠퍼드대학원에서 교육학을 전공하였다.

1931년 한국에 돌아온 뒤에는 『신동아』의 주간으로 일하다가, 1934년 중국으로 가서 베이징 푸렌대학의 교수가 되었다. 그러나 1943년 일본의 대륙 침략 전쟁에 협조하지 않는다는 이유로 추방령을 받아 귀국하였다. 광복 이후 타계할 때까지 『코리아타임스』 주필, 경희대학교 교수, 국제 펜클럽 한국 본부 위원장 등을 지내며 작품 활동을 펼쳤다.

그가 문단에 등장한 것은 1921년 「깨어진 항아리」를 발표하면서부터였다. 이후 「추운 밤」, 「인력거꾼」, 「살인」 등을 연달아 발표하였는데, 하층민의 비참한 생활상과 반항 의식을 표출하는 작품들이었다. 이들 초기 작품들은, 이전 시대의 낭만주의와 자연주의 문학을 부정하며 사회주의적 경향을 내세운, 이른바 신경향파 문학에 속하는 것이었다.

1930년대에 이르러서는 「사랑손님과 어머니」, 「아네모네의 마담」, 「추물」 등을 발표하며, 초기와는 구별되는 작품 세계를 보여 준다. 이 중기의 작품들은 섬세한 내면 심리와 애정의 세계를 서정적으로 그려 냈는데, 그 중에서도 「사랑손님과 어머니」는 높은 예술적 성취를 거둔 대표작으로 평가받고 있다.

광복 후에는 단편 「눈은 눈으로」와 「대학교수와 모리배」, 장편 『망국노군상』 등 혼란한 시대상 속에서 다시 현실 고발적인 사회의식을 강하게 드러내는 작품을 발표했다. 1960년대부터 1970년대에 이르는 시기에는 「세 죽음」, 「열 줌의 흙」, 「죽고 싶어 하는 여인」 등의 작품을 통해 죽음의 문제를 주로 다루었다.

작품 해설

　이 소설은 젊은 과부인 '어머니'와 '사랑손님' 사이의 안타까운 사랑을 서정적으로 그려 낸 작품이다. 아직 많은 사람들이 구시대적인 윤리와 인습에서 벗어나지 못하고 있던 1930년대가 시대적 배경이다.

　작품 속의 '나', '옥희'는 여섯 살 난 여자아이다. 옥희는 어머니와 작은외삼촌과 함께 산다. 그러던 어느 날 죽은 아버지의 친구였던 '아저씨'가 사랑방에 와 지내게 된다. 아저씨가 이 동네에 선생님으로 부임하여 사랑방에서 하숙을 하게 된 것이다.

　아저씨는 명랑한 옥희를 귀여워하고, 옥희도 아저씨를 따르면서 친하게 지낸다. 그러는 사이 어머니와 사랑손님은 서로 사랑의 감정을 느끼게 된다. 그러나 밖으로 드러낼 수 없었던 그 사랑은 안타깝게 흐르다가, 과부의 재혼을 금기시하는 구시대의 인습으로 결국 좌절되고 만다. 아저씨는 기차를 타고 떠나고, 어머니는 옥희의 손을 잡고 뒷동산에 올라 사라져 가는 기차를 가만히 서서 바라보는 것으로 작품은 끝맺는다.

　이런 줄거리 속에서 작가는 두 남녀가 느끼는 미묘한 갈등과 애틋한 사랑의 감정을 인상 깊게 그려 낸다. 섬세하고 절제된 심리 표현이 돋보이는 가운데 결말의 여운이 길게 남는 걸 느낄 수 있다.

　작품의 이 같은 효과는 어린아이의 눈을 통해 사건을 묘사하는 기법에 크게 힘입고 있다. 이 소설은 여섯 살 난 '옥희'가 서술자인 '1인칭 관찰자 시점'을 보여 준다. 1인칭 관찰자 시점은 원래 서술의 범위가 작중 인물 '나'가 관찰할 수 있는 일로 한정되는데, 이 작품에서는 그 '나'가 어린아이로 설정되어 더욱 제한적인 관찰과 묘사만 이루어진다. 그런데 바로 이런 제한성이 작품을 묘미 있게 만드는 요소가 된다.

독자들은 작품 속의 사건과 정서를 적극적으로 상상하고 느끼며 읽게 된다. 어른의 일을 잘 모르는 아이의 말을 단서로 삼아 무슨 일이 벌어지는지 알아차려야 하기 때문이다. 가령 어떤 일로 얼굴이 빨개지는 어머니와 아저씨를 두고, 옥희가 두 사람이 성을 내고 있다고 표현할 때 독자들은 이를 곧이곧대로 받아들이지 않는다. 사건의 전개 과정과 전후 맥락을 토대로 '아저씨'와 '어머니'가 실제 느끼는 심리와 감정을 흥미롭게 추리하며 읽는 것이다.

이런 암시적이고 간접적인 표현 방식은 이 작품을 통속적인 연애 소설을 넘어서게 만든다. 만약 당사자인 어머나나 아저씨가 서술자였다면, 다소 뻔한 사랑의 감정을 직접적으로 드러내는 평범한 연애 소설에 그쳤을 가능성이 크다.

또 아이의 순수한 시선은 자연스러운 감정을 억압하는 관습을 되돌아보게 만들기도 한다. 세상의 통념에 물들지 않은 아이의 생각을 따라 읽다 보면, 우리가 무조건 추종하던 사회 제도나 관습이 정말 타당한 것인지를 반성적으로 생각해 보게 되는 것이다.

사랑손님과 어머니

1

　나는 금년 여섯 살 난 처녀 애입니다. 내 이름은 박옥희이구요. 우리 집 식구라구는 세상에서 제일 이쁜 우리 어머니와 단 두 식구뿐이랍니다. 아차 큰일 났군, 외삼춘을 빼놓을 뻔했으니.

　지금 중학교에 다니는 외삼춘은 어디를 그렇게 싸돌아다니는지 집에는 끼니때나 외에는 별로 붙어 있지를 않아 어떤 때는 한 주일씩 가도 외삼춘 코빼기도 못 보는 때가 많으니까요, 깜박 잊어버리기도 예사지요 무얼.

　우리 어머니는, 그야말로 세상에서 둘도 없이 곱게 생긴 우리 어머니는, 금년 나이 스물네 살인데 과부랍니다. 과부가 무엇인지 나는 잘 몰라도 하여튼 동리1 사람들이 날더러 '과부 딸'이라고들 부르니까 우리 어머니가 과부인 줄을 알지요. 남들은 다 아버지가 있는데 나만은 아버지가 없지요. 아버지가 없다고 아마 '과부 딸'이라나 봐요.

---

1 동리 : 마을

2

외할머니 말씀을 들으면, 우리 아버지는 내가 이 세상에 나오기 한 달 전에 돌아가셨대요. 우리 어머니하고 결혼한 지는 일 년 만이고요. 우리 아버지의 본집2은 어데 멀리 있는데, 마침 이 동리 학교에 교사로 오게 되기 때문에, 결혼 후에도 우리 어머니는 시집으로 가지 않고 여기 이 집을 사고 (바로 이 집은 우리 외할머니 댁 옆집이지요.) 여기서 살다가 일 년이 못 되어 갑자기 돌아가셨대요. 내가 세상에 나오기도 전에 아버지는 돌아가셨다니까 나는 아버지 얼굴도 못 뵈었지요. 그러기 아무리 생각해 보아도 아버지 생각은 안 나요. 아버지 사진이라는 사진은 나도 한두 번 보았지요. 참말로 훌륭한 얼굴이야요. 아버지가 살아 계시다면 참말로 이 세상에서 제일가는 잘난 아버지일 거야요. 그런 아버지를 보지 못한 것은 참으로 분한 일이야요. 그 사진도 본 지가 퍽 오래되었는데, 이전에는 그 사진을 늘 어머니 책상 위에 놓아두시더니 외할머니가 오시면 오실 때마다 그 사진을 치우라고 늘 말씀하셨는데, 지금은 그 사진이 어디 있는지 없어졌어요. 언젠가 한번 어머니가 나 없는 동안에 몰래 장롱 속에서 무엇을 꺼내 보시다가 내가 들어오니까 얼른 장롱 속에 감추는 것을 내가 보았는데, 그게 아버지 사진인 것 같았어요.

아버지가 돌아가시기 전에 우리가 먹고살 것을 남겨 놓고 가셨대요. 작년 여름에, 아니로군, 가을이 다 되어서군요. 하루는 어머니를 따라서

---

2 본집 : 본가. 본래 살던 집

저 여기서 한 십 리3나 가서 조고만 산이 있는 데를 가서 거기서 밤도 따 먹고 또 그 산 밑에 초가집에 가서 닭고깃국을 먹고 왔는데, 거기 있는 땅이 우리 땅이래요. 거기서 나는 추수4로 밥이나 굶지 않게 된다구요. 그래두 반찬 사고 과자 사고 할 돈은 없대요. 그래서 어머니가 다른 사람의 바느질을 맡아서 해 주지요. 바느질을 해서 돈을 벌어서 그걸루 청어도 사고 달걀도 사고 내가 먹을 사탕도 사고 한다구요.

그리구 우리 집 정말 식구는 어머니와 나와 단둘뿐인데 아버님이 계시던 사랑방5이 비어 있으니까 그 방도 쓸 겸 또 어머니의 잔심부름도 좀 해 줄 겸 해서 우리 외삼춘이 사랑방에 와 있게 되었대요.

3

금년 봄에는 나를 유치원에 보내 준다고 해서 나는 너무나 좋아서 동무 아이들한테 실컷 자랑을 하고 나서 집으로 돌아오누라니까 사랑에서 큰외삼춘이(우리 집 사랑에 와 있는 외삼춘의 형님 말이야요.) 웬 낯선 사람 하나와 앉아서 이야기를 하고 있었습니다. 큰외삼춘이 나를 보더니 "옥희야." 하고 부르겠지요.

"옥희야, 이리 온. 와서 이 아저씨께 인사드려라."

---

3 리 : 거리의 단위로, 1리는 약 0.393km에 해당한다. 따라서 '십 리'는 3.93km 정도, 즉 대략 4km이다.

4 추수 : 가을에 익은 곡식을 거두어들임.

5 사랑방 : 안채와 떨어져 있는, 집안의 남자 주인이 거처하며 손님을 접대하는 방

나는 어째 부끄러워서 비실비실하니까6, 그 낯선 손님이

"아, 그 애기 참 곱다. 자네 조카딸인가?"

하고 큰외삼춘더러 묻겠지요. 그러니까 큰외삼춘은,

"응, 내 누이의 딸…… 경선 군의 유복녀7 외딸일세."

하고 대답합니다.

"옥희야, 이리 온, 응! 그 눈은 꼭 아버지를 닮았네그려."

하고 낯선 손님이 말합니다.

"자, 옥희야, 커단 처녀가 왜 저 모양이야. 어서 와서 이 아저씨께 인사해여. 너희 아버지의 옛날 친구신데 오늘부터 이 사랑에 계실 텐데 인사 여쭙고 친해 두어야지."

나는 이 낯선 손님이 사랑방에 계시게 된다는 말을 듣고 갑자기 즐거워졌습니다. 그래서 그 아저씨 앞에 가서 사붓이8 절을 하고는 그만 안마당으로 뛰어 들어왔지요. 그 낯선 아저씨와 큰외삼춘은 소리를 내서 크게 웃드군요. 나는 안방으로 들어오는 나름으로 어머니를 붙들고,

"엄마, 사랑방에 큰삼춘이 아저씨를 하나 데리구 왔는데에, 그 아저씨가아, 이제 사랑에 있는대."

하고 법석을 하니까,

---

6 비실비실하다 : 남의 눈치를 보며 행동하다.

7 유복녀 : 태어나기 전에 아버지를 여읜 딸

8 사붓이 : 소리가 거의 나지 않을 정도로 가볍게 얼른 행동하는 모양

"응, 그래."

하고 어머니는 벌써 안다는 듯이 대수롭잖게 대답을 하드군요. 그래서 나는,

"언제부텀 와 있나?"

하고 물으니까,

"오늘부텀."

"에구 좋아."

하고 내가 손뼉을 치니까 어머니는 내 손을 꼭 붙잡으면서,

"왜 이리 수선9이야."

"그럼 작은외삼춘은 어데루 가나?"

"외삼춘두 사랑에 계시지."

"그럼 둘이 있나?"

"응."

"한방에 둘이 있어?"

"왜, 장짓문10 닫구 외삼춘은 아랫방에 계시구 그 아저씨는 웃방11에 계시구, 그러지."

---

9 수선 : 사람의 정신을 어지럽게 만드는 부산한 말이나 행동
10 장짓문 : 방과 방 사이, 방과 마루 사이에 설치한 문. 한옥에서 주로 큰 방이나 연이어 있는 방을 둘로 나눌 때 사용하며, 필요할 때는 두 공간을 터서 넓게 쓸 수 있다.
11 웃방 : 윗방. 이어져 있는 두 방 가운데 위쪽 방

4

　나는 그 아저씨가 어떠한 사람인지는 몰랐으나, 첫날부터 내게는 퍽 고맙게 굴고 나도 그 아저씨가 꼭 마음에 들었어요. 어른들이 저희끼리 말하는 것을 들으니까 그 아저씨는 돌아가신 우리 아버지와 어렸을 적 친구라구요. 어데 먼 데 가서 공부를 하다가 요새 돌아왔는데, 우리 동리 학교 교사로 오게 되었대요. 또, 우리 큰외삼춘과도 동무인데, 이 동리에는 하숙도 별로 깨끗한 곳이 없고 해서 우리 사랑으로 와 계시게 되었다구요. 또 우리도 그 아저씨한테서 밥값을 받으면 살림에 보탬도 좀 되고 한다구요.

　그 아저씨는 그림책들이 얼마든지 있어요. 내가 사랑방으로 나가면 그 아저씨는 나를 무릎에 앉히고 그림책들을 보여 줍니다. 또 가끔 과자도 주구요.

　어느 날은 점심을 먹고 이내 살그머니 사랑에 나가 보니까 아저씨는 그때에야 점심을 잡수셔요. 그래 가만히 앉아서 점심 잡숫는 걸 구경하고 있누라니까, 아저씨가

　"옥희는 어떤 반찬을 제일 좋아하누?"

하고 묻겠지요. 그래 삶은 달걀을 좋아한다고 했더니 마침 상에 놓인 삶은 달걀을 한 알 집어 주면서 나더러 먹으라구 합니다. 나는 그 달걀을 벗겨 먹으면서,

　"아저씨는 무슨 반찬이 제일 맛나우?"

하고 물으니까, 그는 한참이나 빙그레 웃고 있드니,

　"나두 삶은 달걀."

하겠지요. 나는 좋아서 손뼉을 짤깍짤깍 치고,

"아, 나와 같네, 그럼. 가서 어머니한테 알려야지."

하면서 일어서니까, 아저씨가 꼭 붙들면서

"그러지 말어."

그러시겠지요. 그래두 나는 한번 맘을 먹은 댐엔 꼭 그대루 하구야 마는 성미지요. 그래 안마당으로 뛰쳐 들어가면서,

"엄마, 엄마, 사랑 아저씨두 나처럼 삶은 달걀을 제일 좋아한대."

하고 소리를 질렀지요.

"떠들지 말어."

하고, 어머니는 눈을 흘기십니다.

그러나 사랑 아저씨가 달걀을 좋아하는 것이 내게는 썩 좋게 되었어요. 그것은 그다음부터는 어머니가 달걀을 많이씩 사게 되었으니까요. 달걀 장수 노파가 오면 한꺼번에 열 알두 사구 스무 알두 사구 그래선 두고두고 삶아서 아저씨 상에두 놓구 또 으레 나도 한 알씩 주구 그래요. 그뿐만 아니라 아저씨한테 놀러 나가면 가끔 아저씨가 책상 서랍 속에서 달걀을 한두 알 꺼내서 먹으라고 주지요. 그래 그담부터는 나는 아주 실컷 달걀을 많이 먹었어요.

나는 아저씨가 아주 좋았어요. 마는12 외삼춘은 가끔 툴툴하는 때가 있었어요. 아마 아저씨가 마음에 안 드나 봐요. 아니, 그것보다도 아저씨 상 심부름을 꼭 외삼춘이 하게 되니까 그것이 싫어서 그러나 봐요. 한번

---

12 마는 : 그렇지마는. '그렇지마는'은 '그렇지만'의 본말

은 어머니와 외삼춘이 말다툼하는 것까지 내가 들었어요. 어머니가,

"야, 또 어데 나가지 말구 사랑에 있다가 선생님 들어오시거든 상 내가야지."

하고 말씀하시니까, 외삼춘은 얼굴을 찡그리면서

"제길, 남 어데 좀 볼일이 있는 날은 으례이 끼니때에 안 들어오고 늦어지니……."

하고 툴툴하겠지요. 그러니까 어머니는,

"그러니 어짜간니? 너밖에 사랑 출입할 사람이 어데 있니?"

"누님이 좀 상 들구 나가구려. 요새 세상에 내외합니까13!"

어머니는 갑자기 얼굴이 빨개지시고 아무 대답도 없이 그냥 외삼춘에게 향하야 눈을 흘기셨습니다. 그러니까 외삼춘은 흥흥 웃으면서 사랑으로 나갔지요.

5

나는 유치원에 가서 창가14도 배우고 댄스도 배우고 하였습니다. 유치원 여자 선생님이 풍금15을 아주 썩 잘 타요. 그런데 우리 유치원에 있는 풍금은 우리 예배당에 있는 풍금과는 아주 다른데, 퍽 조그마한 것이

---

13 내외하다 : 남녀 사이에 서로 얼굴을 마주 대하지 않고 피하다.
14 창가 : 서양 악곡의 형식을 빌려 지은 간단한 노래
15 풍금 : 페달을 밟아서 바람을 넣어 소리를 내는 건반 악기

지마는 소리는 썩 좋아요. 그런데 우리 집 윗간[16]에도 유치원 풍금과 꼭 같이 생긴 것이 놓여 있는 것이 갑자기 생각이 났어요. 그래 그날 나는 집으로 오는 길로 어머니를 끌고 윗간으로 가서,

"엄마, 이거 풍금 아니유?"

하고 물으니까, 어머니는 빙그레 웃으시면서

"그렇단다, 그건 어찌 알았니?"

"우리 유치원에 있는 풍금이 이것과 꼭 같은데 무얼. 그럼 엄마두 풍금 탈 줄 아우?"

하고 나는 다시 물었습니다. 그것은 내가 이때껏 한 번도 어머니가 이 풍금 앞에 앉은 것을 본 일이 없기 때문입니다.

어머니는 아무 대답도 아니하십니다.

"엄마, 이 풍금 좀 타 봐"

하고 재촉하니까 어머니 얼굴은 약간 흐려지면서

"그 풍금은 너희 아버지가 날 사다 주신 거란다. 너희 아버지 돌아가신 후에는 그 풍금은 이때까지 뚜껑두 한 번 안 열어 보았다….."

이렇게 말씀하시는 어머니 얼굴을 보니까 금방 또 울음보가 터질 것만 같아 보여서 나는 그만,

"엄마, 나 사탕 주어."

하면서 아랫방으로 끌고 내려왔습니다.

---

16 윗간 : 온돌방에서 아궁이로부터 먼 부분

6

아저씨가 사랑에 와 계신 지 벌써 여러 밤을 잔 뒤입니다. 아마 한 달이나 되었지요. 나는 거의 매일 아저씨 방에 놀러 갔습니다. 어머니는 나더러 그렇게 가서 귀찮게 굴면 못쓴다고 가끔 꾸지람을 하시지만 정말인즉 나는 조곰도 아저씨를 귀찮게 굴지는 않았습니다. 도리어 아저씨가 나를 귀찮게 굴었지요.

"옥희 눈은 아버지를 닮았다. 고 고운 코는 아마 어머니를 닮았지, 고 입하고! 응, 그러냐, 안 그러냐? 어머니도 옥희처럼 곱지, 응?……."

이렇게 여러 가지로 물을 적도 있었습니다. 그래 나는,

"아저씨, 입때17 우리 엄마 못 봤수?"

하고 물었더니 아저씨는 잠잠합니다. 그래 나는,

"우리 엄마 보러 들어갈까?"

하면서 아저씨 소매를 잡아댕겼더니, 아저씨는 펄쩍 뛰면서,

"아니, 아니, 안 돼. 난 지금 분주해서."

하면서 나를 잡아끌었습니다. 그러나 정말로는 무슨 그리 분주하지도 않은 모양이었어요. 그러기 나더러 가란 말도 않고 그냥 나를 붙들고 앉아서 머리도 쓰다듬어 주고 뺨에 입도 맞추고 하면서,

"요 저구리 누가 해주지?…… 밤에 엄마하구 한자리에서 자니?"

라는 둥 쓸데없는 말을 자꾸만 물었지요!

---

17 입때 : 여태. 지금까지.

그러나 웬일인지 나를 그렇게도 귀애해[18] 주든 아저씨도 아랫방에 외삼춘이 들어오면 갑자기 태도가 달라지지요. 이것저것 묻지도 않고 나를 꼭 껴안지도 않고 점잖게 앉어서 그림책이나 보여 주고 그러지요. 아마 아저씨가 우리 외삼춘을 무서워하나 봐요.

하여튼 어머니는 나더러 너무 아저씨를 귀찮게 한다고 어떤 때는 저녁 먹고 나서 나를 꼭 방 안에 가두어 두고 못 나가게 하는 때도 더러 있었습니다. 그러나 조금 있다가 어머니가 바느질에 정신이 팔리어서 골몰하고 있을 때 몰래 가만히 일어나서 나오지요. 그런 때에는 어머니는 내가 문 여는 소리를 듣고야 파딱 정신을 채려서 쫓아와 나를 붙들지요. 그러나 그런 때는 어머니는 골은 아니 내시고,

"이리 온, 이리 와서 머리 빗고……."

하고 끌어다가 머리를 다시 곱게 땋아 주시지요.

"머리를 곱게 땋고 가야지. 그렇게 되는대루 하구 가문 아저씨가 숭보시지[19] 않니?"

하시면서, 또 어떤 때에는 머리를 다 땋아 주시고는,

"응, 저구리가 이게 무어야?"

하시면서 새 저고리를 내어 주시는 때도 있었습니다.

---

18 귀애하다 : 귀엽게 여겨 사랑하다.
19 숭보다 : '흉보다'의 방언

7

어떤 토요일 오후였습니다. 아저씨는 나더러 뒷동산에 올라가자고 하셨습니다. 나는 너무나 좋아서 가자고 그러니까, 아저씨가

"들어가서 어머님께 허락 맡고 온."

하십니다. 참 그렇습니다. 나는 뛰쳐 들어가서 어머니께 허락을 맡았습니다. 어머니는 내 얼굴을 다시 세수시켜 주고 머리도 다시 땋고 그러고 나서는 나를 아스러지도록20 한 번 몹시 껴안았다가 놓아주었습니다.

"너무 오래 있지 말고, 응."

하고 어머니는 크게 소리치셨습니다. 아마 사랑 아저씨도 그 소리를 들었을 거야요.

뒷동산에 올라가서는 정거장을 한참 내려다보았으나 기차는 안 지나갔습니다. 나는 풀잎을 쭉쭉 뽑아 보기도 하고 땅에 누운 아저씨의 다리를 가서 꼬집어 보기도 하면서 놀았습니다. 한참 후에 아저씨가 손목을 잡고 내려오는데 유치원 동무들을 만났습니다.

"옥희가 아빠하구 어디 갔다 온다, 응."

하고 한 동무가 말하였습니다. 그 아이는 우리 아버지가 돌아가신 줄을 모르는 아이였습니다. 나는 얼굴이 빨개졌습니다. 그때 나는 얼마나 이 아저씨가 정말 우리 아버지였드라면 하고 생각했는지 모릅니다. 나는 정말로 한 번만이라도,

---

20 아스러지다 : 덩어리가 깨어져 조각조각 바스러지다.

"아빠"

하고 불러 보고 싶었습니다. 그리고 그날 그렇게 아저씨하고 손목을 잡고 골목골목을 지나오는 것이 어찌도 재미가 좋았는지요.

나는 대문까지 와서,

"난 아저씨가 우리 아빠래문 좋겠다."

하고 불쑥 말했습니다. 그랬더니 아저씨는 얼굴이 홍당무처럼 빨개져서 나를 몹시 흔들면서,

"그런 소리 하문 못써."

하고 말하는데 그 목소리가 몹시도 떨렸습니다. 나는 아저씨가 몹시 성이 난 것처럼 보여서 아무 말도 못 하고 안으로 뛰어 들어갔습니다. 어머니가,

"어데까지 갔댄?"

하고 나와 안으며 묻는데, 나는 대답도 못 하고 그만 쿨쩍쿨쩍 울었습니다. 어머니는 놀라서,

"옥희야, 왜 그러니? 응?"

하고 자꾸만 물었으나 나는 아무 대답도 못 하고 울기만 했습니다.

8

이튿날은 일요일인 고로21 나는 어머니와 함께 예배당에 가려고 채리고22 나서 어머니가 옷을 갈아입는 동안 잠깐 사랑에를 나가 보았습니

---

21 고로 : 까닭에.

다. '아저씨가 아직두 성이 났나?' 하고 가만히 방 안을 들여다보았더니 책상에 앉아서 무엇을 쓰고 있든 아저씨가 내다보면서 빙그레 웃었습니다. 그 웃음을 보고 나는 마음을 놓았습니다. 아저씨가 지금은 성이 풀린 것이 확실하니까요. 아저씨는 나를 이리 보고 저리 보고 훑어보더니,

"옥희 오늘 어데 가노? 저렇게 곱게 채리구."

하고 물었습니다.

"엄마하구 예배당에 가."

"예배당에?"

하고 나서 아저씨는 잠시 나를 멍하니 바라다보더니,

"어느 예배당에?"

하고 물었습니다.

"요 앞에 예배당에 가지 뭐."

"응? 요 앞이라니?"

이때 안에서,

"옥희야."

하고 부드럽게 부르는 어머니 목소리가 들리었습니다. 나는 얼른 안으로 뛰어들어오면서 돌아다보니까, 아저씨는 또 얼굴이 빨갛게 성이 났겠지요. 내 원, 참으로 무슨 일로 요새는 아저씨가 그렇게 성을 잘 내는지 알 수 없었습니다.

---

22 채리다 : '차리다'의 방언. 해야 할 일을 준비하거나 그 일의 방법을 찾다.

예배당에 가서 찬미하고23 기도하다가 기도하는 중간에 갑자기 나는, '혹시 아저씨두 예배당에 오지 않았나?' 하는 생각이 나서 눈을 뜨고 고개를 들어 남자석을 바라다보았습니다. 그랬더니 하, 바로 거기에 아저씨가 와 앉아 있겠지요. 그런데 아저씨는 어른이면서도 눈 감고 기도하지 않고 우리들처럼 눈을 뻔히 뜨고 여기저기 두리번두리번 바라봅니다. 나는 얼른 아저씨를 알아보았는데 아저씨는 나를 못 알아보았는지 내가 방그레 웃어 보여도 웃지도 않고 멀거니24 보고만 있겠지요. 그래 나는 손을 흔들었지요. 그러니까 아저씨는 얼른 고개를 숙이고 말드군요. 그 때에 어머니가 내가 팔 흔드는 것을 깨닫고 두 손으로 나를 붙들고 끌어당기드군요. 나는 어머니 귀에다 입을 대고,

"저기 아저씨두 왔어."

하고 속삭이니까 어머니는 흠칫하면서 내 입을 손으로 막고 막 끌어잡아다가 옆에 앉히고 고개를 누르드군요. 보니까 어머니도 얼굴이 홍당무처럼 빨개졌군요.

그날 예배는 아주 젬병25이었지요. 웬일인지 예배가 다 끝날 때까지 어머니는 성이 나서 강대26만 향하야 앞으로 바라보고 앉았고, 이전 모양으로 가끔 나를 내려다보고 웃는 일이 없었어요. 그리고 아저씨를 보

---

23 찬미하다 : 아름답고 훌륭한 것이나 위대한 것 따위를 기리어 칭송하다.
24 멀거니 : 정신없이 물끄러미 보고 있는 모양
25 젬병 : 형편없는 것을 속되게 이르는 말
26 강대 : 책 따위를 올려놓고 강의나 설교를 할 수 있도록 만든 도구

려고 남자석을 바라다보아도 아저씨도 한 번도 바라다보아 주지 않고 성이 나서 앉아 있고, 어머니는 나를 보지도 않고 공연히 꽉꽉 잡아당기지요. 왜 모두들 그리 성이 났는지…… 나는 그만 으아 하고 한번 울고 싶었어요. 그러나 바로 멀지 않은 곳에 우리 유치원 선생님이 앉아 있는 고로 울고 싶은 것을 아주 억지로 참았답니다.

9

내가 유치원에 입학한 후 처음 얼마 동안은 유치원에 갈 때나 올 때나 외삼촌이 바래다주었습니다. 그러나 여러 밤을 자고 난 뒤에는 나 혼자서도 넉넉히 다니게 되었어요. 그러나 언제나 내가 유치원에서 돌아오는 때이면 어머니가 옆 대문(우리 집에는 대문이 사랑 대문과 옆 대문 둘이 있어서 어머니는 늘 이 옆 대문으로만 출입하시는 것이었습니다.) 밖에 기다리고 섰다가 내가 달음질쳐 가면, 안고 집 안으로 들어가군 하는 것이었습니다.

그런데 하루는 어쩐 일인지 어머니가 대문간27에 보이지를 않겠지요. 어떻게도 화가 나든지요. 물론 머릿속으로는, '아마 외할머니 댁에 가셨나 부다.' 하고 생각했지마는 하여튼 내가 돌아왔는데 문간에서 기다리지 않고 집을 떠났다는 것이 몹시 나쁘게 생각되드군요. 그래서 속으로, '오늘 엄마를 좀 곯려야겠다.' 하고 생각하고 있는데, 옆 대문 밖에서

---

27 대문간 : 대문을 여닫기 위하여 대문의 안쪽에 있는 빈 곳

"아이고, 얘가 원 벌써 왔나?"

하고 어머니의 목소리가 들리드군요. 그 순간 나는 얼른 신을 벗어 들고 안방으로 뛰어 들어가서 벽장문을 열고 그 속에 들어가서 숨어 버렸습니다.

"옥희야, 옥희 너, 여태 안 왔니?"

하는 어머니 목소리가 바로 뜰에서 나더니,

"여태 안 왔군."

하면서 밖으로 나가는 모양이었습니다. 나는 재미가 나서 혼자 흐흥흐흥 웃었습니다.

한참을 있더니 집에는 왼통28 야단이 났습니다. 어머니 목소리도 들리고 외할머니 목소리도 들리고 외삼춘 목소리도 들리고,

"글쎄, 하루 종일 집이라군 안 떠났다가 옥희 유치원 파하구29 오문 멕일 과자가 없기에 어머님 댁에 잠간 갔다 왔는데 고동안에 이런 변이 생긴걸……"

하는 것은 어머니 목소리,

"글쎄 유치원에서 벌써 이십 분 전에 떠났다는데 원 중간에서……."

하는 것은 외할머니 목소리,

"하여튼 내 나가서 돌아댕겨 보리다. 원 고것이 어델 갔담?"

---

28 왼통 : '온통'의 방언. 전부 다.
29 파하다 : 어떤 일을 마치거나 그만두다.

하는 것은 외삼촌의 목소리.

이윽고 어머니의 울음소리가 가늘게 들렸습니다. 외할머니는 무어라고 중얼중얼 이야기하는 모양이었습니다. '이젠 그만하고 나갈까?' 하고도 생각했으나, '지난 주일날 예배당에서 성냈던 앙갚음을 해야지.' 하는 생각이 나서 나는 그냥 벽장 안에 누워 있었습니다. 벽장 안은 답답하고 더웠습니다. 그래서 이윽고 부지중30에 나는 슬며시 잠이 들고 말았습니다.

얼마 동안이나 잤는지요? 이윽고 잠을 깨어 보니 아까 내가 벽장 안으로 들어왔든 것은 잊어버리고 참 이상스러운 데에 내가 누워 있거든요. 어두컴컴하고 좁고 덥고……. 나는 갑자기 무서운 생각이 나서 엉엉 울기 시작했지요. 그러자 갑자기 어데 가까운 데서 어머니의 외마디 소리가 나더니 벽장문이 벌컥 열리고 어머니가 달려들어서 나를 안아 내렸습니다.

"요 망할 것아."

하면서 어머니가 내 엉뎅이를 댓 번 때렸습니다. 나는 더욱더 소리를 내서 울었습니다. 그때에는 어머니는 나를 끌어안고 어머니도 따라 울었습니다.

"옥희야, 옥희야, 응 인젠 괜찮다. 엄마 여기 있지 않니, 응, 울지 마라, 옥희야. 엄마는 옥희 하나문 그뿐이다. 옥희 하나만 바라구 산다. 난 너 하나문 그뿐이야. 세상 다 일이 없다. 옥희만 있으문 바라고 산다. 옥희야, 응, 울지 마라. 응, 울지 마라."

---

30 부지중 : 알지 못하는 동안.

이렇게 어머니는 나더러 자꾸 울지 말라고 하면서도 어머니는 그치지 않고 그냥 자꾸자꾸 울었습니다. 외할머니는,

"원 고것이 도깨비가 들렸단 말일까, 벽장 속엔 왜 숨는담."

하고 앉어 있고, 외삼춘은,

"에, 재수, 메유31다."

하면서 밖으로 나갔습니다.

10

이튿날 유치원을 파하고 집으로 오게 된 때 나는 갑자기 어제 벽장 속에 숨었다가 어머니를 몹시 울게 했든 생각이 나서 집으로 돌아가기가 어찌 부끄러워졌습니다. '오늘은 어머니를 좀 기쁘게 해 드려얄 텐데…… 무엇을 갖다 드리문 기뻐할까?' 하고 생각했습니다. 그러자 문득 유치원 안에 선생님 책상 위에 놓여 있든 꽃병 생각이 났습니다. 그 꽃병에는 나는 이름도 모르나 곱고 빨간 꽃이 꽂히어 있었습니다. 그 꽃은 개나리도 아니고 진달래도 아니었습니다. 그런 꽃은 나도 잘 알고 또 그런 꽃은 벌써 피었다가 져 버린 후였습니다. 무슨 서양 꽃이려니 하고 나는 생각하였습니다. 나는 우리 어머니가 꽃을 사랑하는 줄을 잘 압니다. 그래서 그 꽃을 갖다가 드리면 어머니가 몹시 기뻐하려니 하고 생각하였습니다.

---

31 메유 : 중국어 '메이요(没有)'에서 온 말로, '없다'는 뜻이다. 따라서 작품 속의 '재수 메유'란 '재수 없다'는 말이다.

그래서 나는 도로 유치원 방 안으로 들어갔습니다. 마침 방 안에는 아무도 없었습니다. 선생님도 잠깐 어데를 가셨는지 보이지 않았습니다. 그래 나는 그 꽃을 두어 개 얼른 빼 들고 달음질쳐 나왔지요.

집에 오니 어머니는 문간에서 기다리고 있다가 나를 안고 들어왔습니다.

"그 꽃은 어데서 났니? 퍽 곱구나."

하고 어머니가 말씀하셨습니다. 그러나 나는 갑자기 말문이 막혔습니다. '이걸 엄마 드릴라구 유치원서 가져왔어.' 하고 말하기가 어째 몹시 부끄러운 생각이 들었습니다. 그래 잠깐 망설이다가

"응, 이 꽃! 저, 사랑 아저씨가 엄마 갖다 주라고 줘."

하고 불쑥 말했습니다. 그런 거짓말이 어데서 그렇게 툭 튀어나왔는지 나도 모르지요.

꽃을 들고 냄새를 맡고 있든 어머니는 내 말이 끝나기가 무섭게 무엇에 몹시 놀란 사람처럼 화닥닥하였습니다32. 그리고는 금시에33 어머니 얼굴이 그 꽃보다도 더 빨갛게 되었습니다. 그 꽃을 든 어머니 손구락이 파르르 떠는 것을 나는 보았습니다. 어머니는 무슨 무서운 것을 생각하는 듯이 방 안을 휘 한 번 둘러보시더니,

"옥희야, 그런 걸 받아 오문 안 돼."

---

32 화닥닥하다 : 갑자기 뛰거나 몸을 일으키다.

33 금시에 : 금세. 지금 바로.

하고 말하는 목소리는 몹시 떨렸습니다. 나는 꽃을 그렇게도 좋아하는 어머니가 이 꽃을 받고 그처럼 성을 낼 줄은 참으로 뜻밖이었습니다. 어머니가 그렇게도 성을 내는 것을 보니까 그 꽃을 내가 가져왔다고 그러지 않고 아저씨가 주더라고 거짓말을 한 것이 참 잘되었다고 나는 속으로 생각했습니다. 어머니가 성을 내는 까닭을 나는 모르지만 하여튼 성을 낼 바에는 내게 내는 것보다 아저씨에게 내는 것이 내게는 나았기 때문입니다. 한참 있더니 어머니는 나를 방 안으로 데리고 들어와서,

"옥희야, 너 이 꽃 이 얘기 아무보구두 하지 말아라, 응."

하고 타일러 주었습니다. 나는,

"응."

하고 대답하면서 고개를 여러 번 까닥까닥했습니다.

어머니가 그 꽃을 곧 내버릴 줄로 나는 생각했습니다마는 내버리지 않고 꽃병에 꽂아서 풍금 위에 놓아두었습니다. 아마 퍽 여러 밤 자도록 그 꽃은 거기 놓여 있어서 마지막에는 시들었습니다. 꽃이 다 시들자 어머니는 가위로 그 대만 잘라 버리고 꽃만은 찬송가 책 갈피에 곱게 끼워 두었습니다.

내가 어머니께 꽃을 갖다 주든 날 밤에 나는 또 사랑에 놀러 나가서 아저씨 무릎에 앉아서 그림책을 보고 있었습니다. 갑자기 아저씨 몸이 흠칫하였습니다. 그러고는 귀를 기울입니다. 나도 귀를 기울였습니다.

풍금 소리!

그 풍금 소리는 분명 안방에서 흘러나오는 것이었습니다.

"엄마가 풍금 타나 부다."

하고 나는 벌떡 일어나서 안으로 뛰어들어 갔습니다. 안방에는 불을 켜지 않았습니다. 그러나 그때는 음력으로 보름께나 되어서 달이 낮같이 밝은데 은빛 같은 흰 달빛이 방 안 절반 가득히 차 있었습니다. 나는 흰옷을 입은 어머니가 풍금 앞에 앉아서 고요히 풍금을 타는 것을 보았습니다.

나는 나이 지금 여섯 살밖에 안 되었지마는 하여튼 어머니가 풍금을 타시는 것을 보는 것은 오늘이 처음이었습니다. 어머니는 우리 유치원 선생님보다도 풍금을 더 잘 타시는 것이었습니다. 나는 어머니 곁으로 갔습니다마는 어머니는 내가 곁에 온 것도 깨닫지 못하는지 그냥 까딱 아니하고 앉아서 풍금을 탔습니다. 조금 있더니 어머니는 풍금 곡조34 에 맞추어서 노래를 부르기 시작하였습니다. 어머니의 목소리가 그렇게도 아름다운 것도 나는 이때까지 모르고 있었습니다. 어머니는 참으로 우리 유치원 선생님보다도 목소리가 훨씬 더 곱고 또 노래도 훨씬 더 잘 부르시는 것이었습니다. 나는 가만히 서서 어머님 노래를 들었습니다. 그 노래는 마치도 은실을 타고 저 별나라에서 내려오는 노래처럼 아름다웠습니다.

그러나 얼마 오래지 않아 목소리는 약간 떨리기 시작했습니다. 가늘게 떨리는 노랫소리, 그에 따라 풍금의 가는 소리도 바르르 떠는 듯했습니다. 노랫소리는 차차 가늘어지더니 마지막에는 사르르 없어져 버렸습니다. 풍금 소리도 사르르 없어졌습니다. 어머니는 고요히 풍금에서 일어

---

34 곡조 : 음악이나 가사의 가락

나시더니 옆에 섰던 내 머리를 쓰다듬었습니다. 그다음 순간 어머니는 나를 안고 마루로 나오셨습니다. 어머니는 아모 말씀도 없이 그냥 나를 꼭꼭 껴안는 것이었습니다. 달빛을 함뿍35 받은 내 어머니 얼굴은 몹시도 쌔하얗다고 생각되었습니다. 우리 어머니는 참으로 천사 같다고 생각하였습니다. 우리 어머니의 쌔하얀 두 뺨 위로는 쉴 새 없이 두 줄기 눈물이 줄줄 흘러내리고 있는 것을 나는 보았습니다. 그것을 보니 나도 갑자기 울고 싶어졌습니다.

"어머니, 왜 울어?"

하고 나도 훌쩍거리면서 물었습니다.

"옥희야."

"응."

한참 동안 어머니는 아무 말씀도 없었습니다. 그러다가 한참 후에,

"옥희야, 난 너 하나문 그뿐이다."

"엄마."

어머니는 다시 대답이 없으셨습니다.

11

하루는 밤에 아저씨 방에서 놀다가 졸려서 안방으로 들어오려고 일어서니까 아저씨가 하ㅡ얀 봉투를 서랍에서 꺼내어 내게 주었습니다.

---

35 함뿍 : 함빡. 분량이 차고도 남도록 넉넉하게.

"옥희, 이것 갖다가 엄마 드리고 지나간 달 밥값이라구, 응."

나는 그 봉투를 갖다가 어머니에게 드렸습니다. 어머니는 그 봉투를 받아 들자 갑자기 얼굴이 파랗게 질리었습니다. 그 전날 달밤에 마루에 앉았을 때보다도 더 쌔하얗다고 생각되었습니다. 어머니는 그 봉투를 들고 어쩔 줄을 모르는 듯이 초조한 빛이 나타났습니다. 나는,

"그거 지나간 달 밥값이래."

하고 말을 하니까, 어머니는 갑자기 잠자다 깨나는 사람처럼

"응?"

하고 놀라더니 또 금시에 백지장같이 쌔하얗던 얼굴이 빨갛게 물들었습니다. 봉투 속으로 들어갔든 어머니의 파들파들 떨리는 손고락이 지전36을 몇 장 끌고 나왔습니다. 어머니는 입술에 약간 웃음을 띠면서 후 하고 한숨을 내쉬었습니다. 그러나 그것도 잠깐, 다시 어머니는 무엇에 놀랐는지 흠칫하더니 금시에 얼굴이 다시 쌔하얘지고 입술이 바르르 떨렸습니다. 어머니의 손을 바라다보니 거기에는 지전 몇 장 외에 네모로 접은 하-얀 조이37가 한 장 잡혀 있는 것이었습니다.

어머니는 한참을 망설이는 모양이었습니다. 그러더니 무슨 결심을 한 듯이 입술을 악물고 그 조이를 채근채근38 펴 들고 그 안에 쓰인 글을

---

36 지전 : 지폐. 종이돈
37 조이 : '종이'의 방언
38 채근채근 : 차근차근.

읽었습니다. 나는 그 안에 무슨 글이 씌어 있는지 알 도리가 없었으나 어머니는 그 글을 읽으면서 금시에 얼굴이 파랬다 빨갰다 하고 그 조이를 든 손은 이제는 바들바들이 아니라 와들와들 떨리어서 그 조이가 부석부석 소리를 내게 되었습니다.

한참 후에 어머니는 그 조이를 아까 모양으로 네모지게 접어서 돈과 함께 봉투에 도루 넣어 반짇그릇39에 던졌습니다. 그러고는 정신 나간 사람처럼 멀거니 앉아서 전등만 치어다보는데 어머니 가슴이 불룩불룩합니다. 나는 어머니가 혹시 병이 나지 않았나 하고 염려가 되어서 얼른 가서 무릎에 안기면서,

"엄마, 잘까?"

하고 말했습니다.

엄마는 내 뺨에 입을 맞추어 주었습니다. 그런데 어머니의 입술이 어쩌면 그리도 뜨거운지요. 마치 불에 달군 돌이 볼에 와 닿는 것 같았습니다.

한잠40을 자고 나서 잠이 채 깨지는 않았으나 어렴풋한 정신으로 옆을 쓸어 보니 어머니가 없습니다. 가끔가다가 나는 그런 버릇이 있어요. 어렴풋한 정신으로 옆을 쓸면 어머니의 보드러운 살이 만져지지요. 그러면 다시 나는 잠이 들어 버리군 하는 것이었습니다.

---

39 반짇그릇 : 반짇고리. 바늘, 실, 골무, 헝겊 따위의 바느질 도구를 담는 그릇
40 한잠 : 잠시 자는 잠

어머니가 자리에 없다는 것을 알게 되자 나는 갑자기 무서워졌습니다. 그래서 잠은 다 달아나고 눈을 번쩍 뜨고 고개를 돌려 살펴보았습니다. 방 안은 불은 안 켰지만 어슴푸레하게 밝습니다. 뜰로 하나 가득한 달빛이 방 안에까지 희미한 밝음을 던져 주는 것이었습니다. 윗목[41]을 보니 우리 아버지의 옷을 넣어 두고 가끔 어머니가 꺼내서 쓸어 보시는 그 장롱 문이 열려 있고, 그 아래 방바닥에는 흰옷이 한 무더기 널려 있습니다. 그리고 그 옆에는 장롱을 반쯤 기대고 자리옷[42]만 입은 어머니가 주춤하고 앉아서 고개를 위로 쳐들고 눈은 감고 무엇이라고 입술로 소군소군 외고 있는 것이 보였습니다. 아마 기도를 하나 보다 하고 나는 생각했습니다. 나는 자리에서 일어나서 기어가서 어머니 무릎을 뻐개고[43] 기어 들어갔습니다.

"엄마, 무얼 해?"

어머니는 소군거리기를 그치고 눈을 떠서 나를 한참이나 물끄러미 들여다보십니다.

"옥희야."

"응?"

"가서 자자."

"엄마두 같이 자."

---

41 윗목 : 온돌방에서 아궁이로부터 먼 쪽의 방바닥. 불길이 잘 닿지 않아 아랫목보다 차갑다.
42 자리옷 : 잠옷
43 뻐개다 : 물건을 두 쪽으로 가르다.

"응, 그래 엄마두 같이 자."

그 목소리가 어째 싸늘하다고 내게 생각되었습니다.

어머니는 돌아가신 아버지의 옷들을 한 가지씩 들고는 가만히 손바닥으로 쓸어 보고는 장롱 안에 넣었습니다. 하나씩 하나씩 쓸어 보고는 장롱에 넣곤 하얀 그 옷을 다 넣은 때 장롱 문을 닫고 쇠44를 채우고 그러고 나서 나를 안고 자리로 돌아왔습니다.

"엄마, 우리 기도하고 자"

하고 나는 물었습니다. 어머니는 나를 밤마다 재워 줄 때마다 반드시 기도를 하는 것이었습니다. 내가 할 줄 아는 기도는 주기도문뿐이었습니다. 그 뜻은 하나도 모르지만 어머니를 따라서 자꾸자꾸 해 보아서 지금에는 나도 주기도문을 잘 욉니다. 그런데 웬일인지 어젯밤 잘 때에는 어머니가 기도할 것을 잊어버리고 그냥 잤든 것이 지금 생각이 났기 때문에 나는 그렇게 물었든 것입니다. 어젯밤 자리에 들 때 내가,

"기도할까"

하고 말하고 싶었으나 어머니가 너무도 슬픈 빛을 띠고 있는 고로 그만 나도 가만히 아모 소리 없이 잠이 들고 말었든 것입니다.

"응, 기도하자."

하고 어머니가 고요히 대답했습니다.

"엄마가 기도해."

---

44 쇠 : 자물쇠

하고 나는 갑자기 어머니의 기도하는 보드러운 음성이 듣고 싶어져서 말했습니다.

"하날45에 계신 우리 아버지시여."

어머니는 고요히 기도를 시작하였습니다.

"이름을 거룩하게 하옵시며 나라이 임하옵시며 뜻이 하눌46에서 이루어진 것처럼 따47에서도 이루어지이다. 오늘날 우리에게 일용할48 양식을 주옵시고 우리가 우리에게 죄지은 자를 용서하여 준 것처럼 우리 죄를 사하여49 주옵시고, 우리를 시험50에 들지 말게 하옵시고······ 우리로 시험에 들지 말게 하옵시고······ 시험에 들지 말게······ 시험에 들지 말게······."

이렇게 어머니는 자꾸 되풀이하였습니다. 나도 지금은 맥히지51 않고 줄줄 외는 주기도문을 글쎄 어머니가 맥히다니 참으로 우스운 일이었습니다.

"시험에 들지 말게, 시험에 들지 말게······."

하고 자꾸만 되풀이하는 것을 나는 참다못해서,

"엄마, 내 마저 하께."

하고,

---

45 하날 : '하늘'의 방언
46 하눌 : '하늘'의 방언
47 따 : 땅
48 일용하다 : 날마다 쓰다.
49 사하다 : 지은 죄나 허물을 용서하다.
50 시험 : 사람의 됨됨이를 알기 위하여 떠보는 일. 또는 그런 상황
51 맥히다 : 막히다.

"다만 악에서 구하옵소서. 대개 나라와 권세52와 영광이 아버지께 영원히 있사옵나이다."

하고 내가 끝을 마치었습니다. 어머니는 한참이나 가만있다가 오랜 후에야 겨우,

"아멘."

하고 속삭이었습니다.

12

요새 와서 어머니의 하는 일이란 참으로 알 수 없는 노릇입니다. 어떤 때는 어머니도 퍽 유쾌하셨습니다. 밤에 때로는 풍금도 타고 또 때로는 찬송가도 부르고 그러실 때에는 나도 너무도 좋아서 가만히 어머니 옆에 앉아서 듣습니다. 그러나 가끔가끔 그 독창은 소리 없는 울음으로 끝을 맺는 때가 많은데, 그런 때면 나도 따라서 울었습니다. 그러면 어머니는 나를 안고 내 얼굴에 돌아가면서 무수히 입을 마초아 주면서,

"엄마는 옥희 하나문 그뿐이야, 응, 그렇지……."

하시면서 언제까지나 언제까지나 우시는 것이었습니다.

어떤 일요일 날, 그렇지요, 그것은 유치원 방학하고 난 그 이튿날이었어요. 그날 어머니는 갑자기 머리가 아프시다고 예배당에를 그만두었습

---

52 권세 : 권력과 세력을 아울러 이르는 말

니다. 사랑에서는 아저씨도 어데 나가고 외삼춘도 어데 나가고 집에는 어머니와 나와 단둘이 있었는데, 머리가 아프다고 누워 계시든 어머니가 갑자기 나를 부르시드니,

"옥희야, 너 아빠가 보고 싶니?"

하고 물으십니다.

"응, 우리두 아빠 하나 있으문."

나는 혀를 까부리고53 어리광을 좀 부려 가면서 대답을 했습니다. 한참 동안을 어머니는 아모 말씀도 아니하시고 천장만 바라다보시드니,

"옥희야, 옥희 아버지는 옥희가 세상에 나오기두 전에 돌아가셨단다. 옥희두 아빠가 없는 건 아니지. 그저 일즉54 돌아가셨지. 옥희가 이제 아버지를 새로 또 가지면 세상이 욕을 한다. 옥희는 아직 철이 없어서 모르지만 세상이 욕을 한다. 사람들이 욕을 해. 옥희 어머니는 홰냉년55이다 이러구 세상이 욕을 해. 옥희 아버지는 죽었는데 옥희는 아버지가 또 하나 생겼대, 참 망측두 하지56, 이러구 세상이 욕을 한다. 그리되문 옥희는 언제나 손구락질 받구, 옥희는 커두 시집두 훌륭한 데 못가구, 옥희가 공부를 해서 훌륭하게 돼두, 에 그까짓 홰냥년의 딸, 이러구 남들이 욕을 한다."

---

53 까부리다 : 구부리다.

54 일즉 : 일찍.

55 홰냉년 : 화냥년. 자기 남편이 아닌 남자와 정을 통하는 여자를 욕하여 이르는 말

56 망측하다 : 정상적인 상태에서 어그러져 어이가 없거나 차마 보기가 어렵다.

이렇게 어머니는 혼잣말하시듯 뜨문뜨문 말씀하셨습니다. 그러고는 한참 있더니,

"옥희야."

하고 또 부르십니다.

"응?"

"옥희는 언제나, 언제나, 내 곁을 안 떠나지. 옥희는 언제나 언제나 엄마하구 같이 살지. 옥희는 엄마가 늙어서 꼬부랑 할미가 되어두 그래두 옥희는 엄마하구 살지. 옥희가 유치원 졸업하구, 또 소학교57 졸업하구, 또 중학교 졸업하구, 또 대학교 졸업하구, 옥희가 조선서 제일 훌륭한 사람이 돼두 그래두 옥희는 엄마하구 같이 살지. 응! 옥희는 엄마를 얼만큼 사랑하나?"

"이망큼."

하고 나는 두 팔을 짝 벌리어 뵈었습니다.

"응? 얼만큼? 응 그망큼 언제나, 언제나, 옥희는 엄마만 사랑하지. 그리구 공부두 잘하구, 그리구 훌륭한 사람이 되구…."

나는 어머니의 목소리가 떨리는 것으로 보아 어머니가 또 울까 봐 겁이 나서,

"엄마, 이망큼, 이망큼."

하면서 두 팔을 짝짝 벌리었습니다.

---

57 소학교 : 오늘날의 '초등학교'를 부르던 옛 용어

어머니는 울지 않으셨습니다.

"응, 그래, 옥희 엄마는 옥희 하나문 그뿐이야. 세상 다른 건 다 소용 없어, 우리 옥희 하나문 그만이야. 그렇지, 옥희야."

"응"

어머니는 나를 당기어서 꼭 껴안고 내 가슴이 맥혀 들어올 때까지 자꾸만 껴안아 주었습니다.

그날 밤 저녁밥 먹고 나니까 어머니는 나를 불러 앉히고 머리를 새로 빗겨 주었습니다. 댕기도 새 댕기로 드려 주고, 바지, 저고리, 치마, 모두 새것을 꺼내 입혀 주었습니다.

"엄마, 어디 가?"

하고 물으니까,

"아니."

하고 웃음을 띠면서 대답합니다. 그러더니 풍금 옆에서 새로 대린 하-얀 손수건을 내리어 내 손에 쥐어 주면서,

"이 손수건, 저 사랑 아저씨 손수건인데, 이것 아저씨 갖다 드리구 와, 응. 오래 있지 말구 손수건만 갖다 드리구 이내 와, 응."

하고 말씀하셨습니다.

손수건을 들고 사랑으로 나가면서 나는 그 손수건 접이 속에 무슨 발각발각하는58 종이가 들어 있는 것처럼 생각되었습니다마는 그것을 펴

---

58 발각발각하다 : 책장이나 종잇장 따위를 잇따라 넘기는 소리가 나다.

보지 않고 그냥 갖다가 아저씨에게 주었습니다.

아저씨는 방에 누워 있다가 벌떡 일어나서 손수건을 받는데, 웬일인지 아저씨는 이전처럼 나보고 빙그레 웃지도 않고 얼굴이 몹시 파랬습니다. 그러고는 입술을 질근질근 깨밀면서 말 한마디 아니하고 그 손수건을 받드군요.

나는 어째 이상한 기분이 돌아서 아저씨 방에 들어가 앉지도 못하고 그냥 되돌아서 안방으로 도로 왔지요. 어머니는 풍금 앞에 앉아서 무엇을 그리 생각하는지 가만히 있드군요. 나는 풍금 옆으로 가서 가만히 그 옆에 앉아 있었습니다. 이윽고 어머니는 조용조용히 풍금을 타십니다. 무슨 곡조인지는 몰라도 어째 구슬푸고 고즈낙한59 곡조야요.

밤이 늦도록 어머니는 풍금을 타셨습니다. 그 구슬푸고 고즈낙한 곡조를 계속하고 또 계속하면서.

13

여러 밤을 자고 난 어떤 날 오후에 나는 오래간만에 아저씨 방엘 나가 보았더니 아저씨가 짐을 싸누라고 분주하겠지요. 내가 아저씨에게 손수건을 갖다 드린 다음부터는 웬일인지 아저씨가 나를 보아도 언제나 퍽 슬픈 사람, 무슨 근심이 있는 사람처럼 아모 말도 없이 나를 물끄러미 바라다만 보고 있는 고로 나도 그리 자주 놀러 나오지 않았든

---

59 고즈낙하다 : 고즈넉하다. 고요하고 아늑하다.

것입니다. 그랬었는데 이렇게 갑자기 짐을 꾸리는 것을 보고 나는 놀랐습니다.

"아저씨, 어데 가우?"

"응, 멀리루 간다."

"언제?"

"오늘."

"기차 타구?"

"응, 기차 타구."

"갔다가 언제 또 오우?"

아저씨는 아무 대답도 없이 서랍에서 이뿐 인형을 하나 꺼내서 내게 주었습니다.

"옥희, 이것 가져, 응. 옥희는 아자씨 가구 나문 아자씨 이내 잊어버리구 말겠지!"

나는 갑자기 슬퍼졌습니다. 그래서,

"아니."

하고 얼른 대답하고, 인형을 안고 안으로 들어왔습니다.

"엄마, 이것 봐, 아자씨가 이것 나 줬다우. 아자씨가 오늘 기차 타구 먼 데루 간대."

하고 내가 말했으나, 어머니는 대답이 없으십니다.

"엄마, 아자씨 왜 가우?"

"학교 방학했으니깐 가지."

"어데루 가우?"

"아자씨 집으루 가지, 어데루 가."

"갔다가 또 오우?"

어머니는 대답이 없으십니다.

"난 아자씨 가는 거 나쁘다."

하고 입을 쫑긋했으나[60], 어머니는 그 말에 대답 않고

"옥희야, 벽장에 가서 달걀 몇 알 남았나 보아라."

하고 말씀하셨습니다.

나는 깡충깡충 방 안으로 들어갔습니다. 달걀은 여섯 알이 있었습니다.

"여스 알."

하고 나는 소리쳤습니다.

"응, 다 가지고 이리 나오나라."

어머니는 그 달걀 여섯 알을 다 삶았습니다. 그 삶은 달걀 여섯 알을 손수건에 싸 놓고 또 반지[61]에 소금을 조곰 싸서 한 구퉁이에 넣었습니다.

"옥희야, 너 이것 갖다 아저씨 드리구, 가시다가 찻간[62]에서 잡수시랜다구, 응."

---

60 쫑긋하다 : 입술이나 귀 따위를 빳빳하게 세우거나 뾰족이 내밀다.

61 반지 : 얇고 흰 일본 종이

62 찻간 : 기차나 버스 따위에서 사람이 타는 칸

14

그날 오후에 아저씨가 떠나간 다음 나는 방에서 아저씨가 준 인형을 업고 자장자장 잠을 재우고 있었습니다. 어머니가 부엌에서 들어오시더니,

"옥희야, 우리 뒷동산에 바람이나 쐬러 올라갈까?"

하십니다.

"응, 가, 가."

하면서 나는 좋아 덤비었습니다.

잠깐 다녀올 터이니 집을 보고 있으라고 외삼춘에게 이르고 어머니는 내 손목을 잡고 나섰습니다.

"엄마, 나 저, 아저씨가 준 인형 가지고 가."

"그러렴."

나는 인형을 안고 어머니 손목을 잡고 뒷동산으로 올라갔습니다. 뒷동산에 올라가면 정거장이 빤히 내려다보입니다.

"엄마, 저 정거장 봐, 기차는 없군."

어머니가 아모 말씀도 없이 가만히 서 계십니다. 사르르 바람이 와서 어머니 모시 치맛자락을 산들산들 흔들어 주었습니다. 그렇게 산 위에 가만히 서 있는 어머니는 다른 때보다도 더한층 이쁘게 보였습니다.

저-편 산모퉁이에서 기차가 나타났습니다.

"아, 저기 기차 온다."

하고 나는 좋아서 소리쳤습니다.

기차는 정거장에 잠시 머물더니 금시에 삑 하고 소리를 지르면서 움즉이었습니다.

"기차 떠난다."

하면서 나는 손뼉을 쳤습니다. 기차가 저편 산모퉁이 뒤로 사라질 때까지, 그리고 그 굴뚝에서 나는 연기가 하늘 위로 모두 흩어져 없어질 때까지, 어머니는 가만히 서서 그것을 바라다보았습니다.

뒷동산에서 내려오자 어머니는 방으로 들어가시더니 이때까지 뚜껑을 늘 열어 두었든 풍금 뚜껑을 닫으십니다. 그러고는 거기 쇠를 채우고 그 위에다가 이전 모양으로 반짇그릇을 얹어 놓으십니다. 그러고는 그 옆에 있는 찬송가를 맥없이 들고 뒤적뒤적하시더니 빳빳 마른 꽃송이를 그 갈피에서 집어내시더니,

"옥희야, 이것 내다 버려라."

하고 그 마른 꽃을 내게 주었습니다. 그 꽃은 내가 유치원에서 갖다가 어머니께 드렸든 그 꽃입니다. 그러자 옆 대문이 삐걱하더니,

"달걀 사소."

하고 매일 오는 달걀 장수 노파가 달걀 버주기63를 이고 들어왔습니다.

"인젠 우리 달걀 안 사요. 달걀 먹는 이가 없어요."

하시는 어머니는 맥이 한 푼어치도 없었습니다.

나는 어머니의 이 말씀에 놀라서 떼를 좀 써 보려 했으나 석양에 빤히 비치는 어머니 얼굴을 볼 때 그 용기가 없어지구 말았습니다. 그래서 아저씨가 주신 인형 귀에다가 내 입을 갖다 대고 가만히 속삭이었습니다.

---

63 버주기 : '버치'를 구어적으로 이르는 말. 질그릇보다 조금 깊고 아가리가 벌어진 큰 그릇을 가리킨다.

"얘, 우리 엄마가 거즛부리64 썩 잘하누나. 내가 달걀 좋아하는 줄 잘 알문성 생 먹을 사람이 없대누나. 떼를 좀 쓰구 싶다만 저 우리 엄마 얼굴 좀 봐라. 어쩌문 저리두 새파래졌을까? 아마 어데가 아픈가 부다."
라고요.

---

64 거즛부리 : 거짓말

선생님이 들려주는 그 시절 이야기

서연 : 선생님, 이번에는 주요섭의 「사랑손님과 어머니」에 관한 얘기 좀 해 주세요. 작품을 읽어 보니, 화자인 '옥희'라는 아이가 귀엽고, 그 어머니와 사랑손님의 사랑 이야기는 애틋하면서도 아름답게 느껴져요.

특히, 마지막 결말 부분에서 옥희의 손을 잡고 뒷동산에 올라 산모퉁이를 돌아 사라지는 기차를 바라보고 서 있는 '어머니'의 모습은 마치 영화의 한 장면처럼 떠오르며 오래 기억에 남아요.

선생님 : 그랬니? 실제로 이 작품은 나중에 영화와 드라마로도 만들어졌단다. 서연이가 영화적 감수성이 뛰어난걸!

태환 : 선생님, 저도 재밌게 읽었어요. 그런데 저는 이 작품에서 제목에 나오는 '사랑손님'이란 단어가 낯설어요.

선생님 : 기본적인 뜻풀이는 찾아 봤니?

태환 : 그럼요! '사랑손님'은 '사랑방에 묵고 있는 손님'을 말하고, 여기서 '사랑방'이란 '집의 안채와 떨어져 있는, 바깥주인이 거처하며 손님을 접대하는 방'이란 것도 알아요.

작품에서 돌아가신 '옥희' 아버지의 옛 친구인 '아저씨'가 사랑방에서 하숙을 해서 그렇게 부르는 것은 알겠는데, 그 '사랑방'이란 게 어떤 방인지 선뜻 와 닿지 않아요. 제가 아파트에서만 살아 봐서 그런 거 같아요.

선생님 : 그래, 그럴 수 있겠구나. '사랑방'은 전통적인 가옥 구조에서 '안
방'과 함께 생각해야 쉽게 이해가 된단다. 두 방은 그 위치와 역
할이 서로 대비되기 때문이지.

'안방'은 집의 가장 안쪽 즉 대문에서 먼 깊은 곳에 위치하고,
안주인인 여자 어른이 기거하던 곳이다. 여자들의 공간이지.

이에 비해 '사랑방'은 집의 외부와 가까운 곳에 있고, 바깥주인
인 남자 어른이 생활하면서 손님들을 접대하기도 했던 방이다.
바깥 세계와 연결되어 있는, 남자들의 생활 공간이자 사교장이
라고 할 수 있지.

태환 : 안주인은 안방, 바깥주인은 사랑방……, 그러니까 쉽게 말해서 안
과 바깥의 구분이네요?

선생님 : 그래 맞아. 여자는 집안 깊숙한 곳의 안방을 차지하고 의식주와
관련된 집안일을 하는 존재고, 남자는 바깥쪽에 붙은 사랑방에
서 지내며 외부에 가족을 대표하면서 가족을 거느리는 사람이라
는 생각이 깔려 있지.

태환 : 네, 그러고 보니, 우리말에서 '안'과 '바깥'이 부부를 나타내는
말로 쓰이네요. '안주인'과 '바깥주인'이란 말도 그렇고, 부부를
'내외(內外)'라고 부르는 것도 그렇고요.

선생님 : 맞아. 하지만 '내외'란 말이 부부만 가리키는 것은 아니야. '남자
와 여자' 또는 '그 차이'를 나타내기도 하지. 그뿐만 아니라 '서
로 남인 남녀 사이에 얼굴을 마주 대하지 않고 피한다.'는 의미

도 있단다. 이 작품에서도 그런 뜻으로 쓰인 적이 있는데, 기억
나지 않니?

태환 : 기억나요! 옥희 어머니가 외삼촌에게 사랑방으로 손님 밥상 좀
들고 가라고 하니, 외삼촌이 "요새 세상에 내외합니까!"라면서
툴툴거렸어요.

선생님 : 그래, 맞아.

서연 : 선생님, 그런데 그런 말들은 성차별적이지 않나요? 여자는 집안
에서 가사와 육아에 전념하고, 남자는 바깥일을 한다는 식의 생
각을 담고 있잖아요! 남녀가 서로 자유롭게 만나지도 못하게 하
고…….

선생님 : 그렇게 볼 수 있지. 남녀의 역할을 엄격하게 구별했고 자연스러
운 만남을 금지하던 유교 사상의 영향을 보여 주는 예라고 할
수 있어. 오늘날에는 맞지 않는 관념이지.

그런데 이 소설이 쓰인 1930년대는 이런 남녀 차별적인 관념이
나 관습이 강하게 남아 있는 시대였어. 그것이 이 작품의 중요한
사회적 배경이 되고 있지.

서연 : 네, 그런 거 같아요. 그런 악습이 옥희 '어머니'와 '아저씨'가 서
로 좋아하면서도 헤어지게 만든 이유인 거죠?

선생님 : 그렇지.

태환 : 저도 그렇게 생각은 했는데, 좀 더 자세히 설명해 주세요.

선생님 : 작품에서 옥희가 '자기도 아빠가 있으면 좋겠다'고 했을 때, '어
머니'가 했던 말을 떠올려 보자. "옥희가 이제 아버지를 새로 또

가지면 세상이 욕을 한단다. 옥희는 아직 철이 없어서 모르지만 세상이 욕을 한단다. 사람들이 욕을 해. 옥희 어머니는 홰냉년이다 이러구 세상이 욕을 해."라는 구절 말이야. 이런 말들이 그 시대의 사회적 분위기와 관습을 단적으로 보여 주고 있지.

서연 : 사실 이건 말이 안 돼요! 옥희 어머니는 남편이 죽고 없는 과부잖아요? 그런데 왜 욕을 한다는 거죠?

선생님 : 그만큼 당시 사람들의 인식이 봉건적이란 걸 보여 주지. 과부의 재혼을 금지하던 인습이 남아 있어서, 법적으로는 문제가 없지만 사회 관습상 재혼하는 여자들을 화냥기 있는 여자라고 손가락질했음을 보여 주는 거다. 그런 세상의 편견이 옥희의 장래까지 망칠 수 있다고 생각해서 '어머니'는 결국 사랑을 포기한 거고…….

태환 : 그때가 조선 시대도 아닌데, 정말 그렇게 봉건적이었나요?

선생님 : 좀 더 정확히 말하자면, 봉건적인 구습과 근대적인 사상이 공존하던 과도기였다고 할 수 있지. 작품을 보면, "요새 세상에 내외합니까!"라고 말하는 외삼촌이 새로운 시대의 윤리 의식을 보여 주지만, 다른 한편에서는 예배당에서도 남녀가 따로 앉고 있지 않니?

실제로 당시 신학문과 근대적 사상을 받아들였던 '신여성'과 지식인들은 자유연애와 결혼을 부르짖었지만, 대다수 일반 민중들은 구시대의 관습과 윤리를 벗어나지 못했던 것이 사실이야.

서연 : 어쨌든, 그 시절은 너무했던 거 같아요. 자유롭게 사랑하고 결혼

하지도 못하고……. 옥희 어머니와 '아저씨'의 사랑 이야기가 애틋하고 아름답긴 하지만, 저는 그 시대에 안 태어나서 정말 다행이라는 생각이 드네요.

선생님 : 하하하. 네 기분은 알겠지만, 작품은 그 시대 배경 속에서 이해해야 하지 않겠니? 어떤 소설이든 당대의 현실과 문제를 반영하고 있단다.

그 시절의 독자들은 이 작품을 읽으면서, 두 사람의 사랑이 이루어졌으면 하고 바라다가 끝내 헤어졌을 때 안타깝고 가엾다는 마음이 들었을 거야. 그리고는 이런 관습이 과연 옳은 것인가에 대해서도 생각하게 되었을 테고……. 또 그런 생각들이 모여 세상을 바꾸는 힘으로 작용했을 거다. 지금 우리가 사는 이 시대는 그런 변화의 결과이고 말이지.

서연 : 네, 선생님 말씀이 맞는 거 같아요. 오늘도 좋은 말씀 감사합니다.

태환 : 저도 잘 들었습니다.

가난과 격동의 역사가 낳은
비극적인 가족사

전영택 「화수분」 / 하근찬 「수난이대」

비참한 환경과 역사적 시련 속에서 고통받는
가족의 모습이 그려진 작품들이다.
비극적인 가족의 이야기가 깊은 인상을 남긴다.

화수분

전영택 (1894~1968)

작가 소개

전영택은 1894년 평양에서 태어났다. 1910년 평양 대성학교를 중퇴하고 교원 생활을 하다가, 일본으로 가서 아오야마학원의 대학 문학부와 신학부를 차례로 졸업하였다. 1930년에는 미국으로 건너가 퍼시픽신학교를 수료했고, 이후 귀국하여 교수와 목사, 소설가, 언론인 등으로 활약하였다.

그는 1919년 김동인, 주요한, 김환 등과 우리나라 최초의 문학 동인지 『창조』를 창간하며 문학 활동을 시작하였다. 창간호에 발표한 「혜선의 사」가 첫 번째 작품이며, 이후 「천치? 천재?」, 「화수분」 등의 작품들을 발표하였다.

초기 작품들은 차분한 느낌의 이야기들을 사실적으로 서술하면서 순수한 인간애와 인도주의적 사상을 드러냈다. 흔히 죽음을 소재로 삼았는데, 비극적 사건을 휴머니즘적 시선으로 처리하여 숙연하고 애잔한 슬픔을 느끼게 한다.

일제 말기에는 탄압이 심해지자 절필했다가 광복 후부터 작품 활동을 재개했다. 분단의 비극을 다루면서 박애 정신을 표출한 「소」, 거짓에 찬 교회의 모습을 비판하는 「크리스마스 전야의 풍경」 등이 이 시기의 대표작으로 꼽힌다. 그의 작품들은 후기로 갈수록 기독교적인 사상과 인도주의적 특성이 더욱 강하게 표현되고 있다는 평가를 받는다.

작품 해설

이 소설은 1920년대를 배경으로 비참한 환경 속에서 한 하층민 부부가 가난에 시달리다가 끝내 죽음에 이르는 이야기를 휴머니즘적 시선으로 그려 낸 작품이다.

'나'는 어느 추운 겨울밤 행랑아범이 우는 소리를 듣는다. 행랑에 기거하는 아범과 어멈은 어린 계집아이 둘을 데리고 사는데, 단벌 홑옷과 냄비 하나밖에 없을 정도로 가난하다. 이튿날 사연을 들어보니, 끼니조차 때우기 어려운 형편이어서 큰딸을 남의 집에 보내고 마음이 아파 울었다는 것이다.

행랑아범의 이름은 '화수분'으로 예전에는 양평에서 남부럽지 않게 살았으나, 아버지와 큰형이 갑자기 죽고 가세가 기울어 이렇게 거지 신세가 되었다고 한다. 그러던 어느 날, 시골의 작은 형 거부가 발을 다쳐 추수를 못 하게 되자, 화수분은 이를 거들어 주기 위해 양평으로 내려간다.

그 후 겨울이 오기 전에 돌아온다던 남편이 소식이 없자, 서울에 남아 있던 어멈은 둘째 딸을 들쳐 업고 시골로 가다가 어느 고갯마루에서 쓰러진다. 아내의 편지를 받고 거꾸로 서울로 향하던 화수분이 이를 발견해 아내와 딸을 껴안는다. 그렇게 아이를 가운데 둔 채 껴안고 밤을 지낸 부부는 얼어 죽고, 이튿날 아침 혼자 살아난 어린것만 지나가던 나무 장수가 데려간다.

이처럼 죽음으로 끝맺는 가족의 이야기는 비극적이다. 그런데 이 작품은 분노나 참담함보다 인도주의적 인간애와 연민을 느끼게 한다. 이는 작가가 고통받는 사람들을 이념이나 사회의식의 차원이 아니라 순수한 애정과 연민으로 바라보고 있기 때문이다.

이런 작가의 시선은 순박한 화수분 내외의 부부애나 본능적인 자식 사랑을 묘사한 부분에서 엿볼 수 있다. 특히 결말에서 부모의 죽음을 딛고 기적적으로 살아난 아이가 따뜻한 햇볕을 받고 있는 장면은 생명의 존엄성과 경외감을 일깨우며, 인간에 대한 작가의 깊은 애정을 느끼게 해준다.

작가는 이 같은 주제 의식을 객관적인 수법으로 그려 낸다. 작품의 대부분에서 1인칭 관찰자 시점을 채택해(부분적으로 전지적 작가 시점도 사용한다), 관찰자의 눈으로 차분하게 사건을 서술한다. 집주인인 '나'가 행랑살이를 하는 주인공 화수분 일가의 삶을 관찰하고 독자들에게 전달하는 역할을 하는 것이다. '나'는 약간의 동정심과 호기심을 가지고 그들을 대하지만, 사건 전개에는 별 영향을 미치지 않는다.

이러한 서술 방법은 작가의 생각이나 감정을 직접 드러내는 것을 최대한 자제하고, 대상을 객관적으로 묘사하여 제시하려는 창작 태도에서 비롯된 것이다. 이렇게 차분하고 담담한 필치로 그려 낸 비극적인 이야기가 독자들의 마음을 숙연하고 애잔하게 만드는 것이 이 작품의 특징이다.

화수분

첫겨울[1] 추운 밤은 고요히 깊어간다. 뒤뜰 창 바깥에 지나가는 사람 소리도 끊어지고, 이따금 찬바람 부는 소리가 '휙 – 우수수' 하고 바깥의 춥고 쓸쓸한 것을 알리면서 사람을 위협하는 듯하다.

"만주노 호야 호오야[2]."

길게 그리고도 힘없이 외치는 소리가 보지 않아도 추워서 수그리고 웅크리고 가는 듯한 사람이 몹시 처량하고 가엾어 보인다. 어린애들은 모두 잠들고 학교 다니는 아이들은 눈에 졸음이 잔뜩 몰려서 입으로만 소리를 내어 글을 읽는다. 나는 누워서 손만 내놓아 신문을 들고 소설을 보고, 아내는 이불을 들쓰고 어린애 저고리를 짓고 있다.

"누가 우나."

일하던 아내가 말하였다.

"아니야요. 그 절름발이가 지나가며 무슨 소리를 지껄이면서 그러나 보아요."

---

1 첫겨울 : 겨울이 시작되는 첫머리

2 만주노 호야 호오야 : '만주'는 밀가루나 쌀가루로 만든 반죽에 팥을 넣고 쪄서 만든 일본식 만두로 우리의 찐빵과 비슷하다. '호야호야'는 식품이 갓 만들어져서 김이 나는 모양을 뜻하는 일본어이다. '만주노 호야 호오야'란 거리의 만두팔이가 외치는 소리로, '만주가 따끈 따아끈' 정도로 이해할 수 있다.

공부하던 애가 말한다. 우리들은 잠시 그 소리를 들으려고 귀를 기울였으나, 다시 각각 그 하던 일을 계속하여 다시 주의도 하지 아니하였다. 그러다가 우리는 모두 잠이 들어 버렸다.

나는 자다가 꿈결같이 '으으으으으으' 하는 소리를 들었다. 잠깐 잠이 반쯤 깨었으나 다시 잠들었다. 잠이 들려고 하다가 또 깜짝 놀라서 깨었다. 그리고 아내에게 물었다.

"저게 누가 울지 않소?"

"아범이구려."

나는 벌떡 일어나서 귀를 기울였다. 과연 아범의 우는 소리다. 행랑3에 있는 아범의 우는 소리다.

'어찌하여 우는가. 사나이가 어찌하여 우는가. 자기 시골서 무슨 슬픈 상사4의 기별을 받았나? 무슨 원통한 일을 당하였나?'

나는 생각하였다. '어이어이' 느껴 우는 소리를 들으면서 아내에게 물었다.

"아범이 왜 울까?"

"글쎄요, 왜 울까요?"

---

3 행랑 : 대문간에 붙어 있는 방. 예전에 주로 하인이 거주하였다.
4 상사 : 사람이 죽은 일

2

아범은 금년 구월에 그 아내와 어린 계집애 둘을 데리고 우리 집 행랑
방에 들었다. 나이는 한 서른 살쯤 먹어 보이고, 머리에 상투가 그냥 달
라붙어 있고, 키가 늘씬하고 얼굴은 기름하고[5] 누르퉁퉁하고, 눈은 좀
큰데 사람이 퍽 순하고 착해 보였다. 주인을 보면 어느 때든지 그 방에
서 고달픈 몸으로 밥을 먹다가도 얼른 일어나서 허리를 굽혀 절한다. 나
는 그것이 너무 미안해서 그러지 말라고 이르려고 하면서 늘 그냥 지내
었다. 그 아내는 키가 자그마하고 몸이 퉁퉁하고, 이마가 좁고, 항상 입
을 다물고 아무 말이 없다. 적은 돈은 회계할[6] 줄을 알아도 '원'이나 '백
냥' 넘는 돈은 회계할 줄을 모른다.

그리고 어멈은 날짜 회계할 줄을 모른다. 그러기에 저 낳은 아이들의
생일을 아범이 그 전날 내일이 생일이라고 일러주지 않으면 모른다고
한다. 그러나 결코 속일 줄은 모르고, 무슨 일이든지 하라는 대로 하기
는 하나 얼른 대답을 시원히 하지 않고, 꼬물꼬물 오래 하는 것이 흠이
다. 그래도 아침에는 일찍이 일어나서 기름을 발라 머리를 곱게 빗고,
빨간 댕기를 드려 쪽을 찌고 나온다.

그들에게는 지금 입고 있는 단벌 홑옷과 조그만 냄비 하나밖에 아무

---

5 기름하다 : 조금 긴 듯하다.
6 회계하다 : 따져서 셈을 하다.

것도 없다. 세간7도 없고 물론 입을 옷도 없고 덮을 이부자리도 없고, 밥 담아 먹을 그릇도 없고, 밥 먹을 숟가락 한 개가 없다. 있는 것이라고는 보기 싫게 생긴 딸 둘과 작은애를 업는 홑누더기8와 띠9, 아범이 벌이하는 지게가 하나, 이것뿐이다. 밥은 우선 주인집에서 내어 간 사발과 숟가락으로 먹고, 물은 역시 주인집 어린애가 먹고 비운 가루우유 통을 갖다가 떠먹는다.

아홉 살 먹은 큰 계집애는 몸이 좀 뚱뚱하고 얼굴은 컴컴한데, 이마는 어미 닮아서 좁고, 볼은 아비 닮아서 축 늘어졌다. 그리고 이르는 말은 하나도 듣는 법이 없다. 그 어미가 아무리 욕하고 때리고 하여도 볼만 부어서 까딱없다. 도리어 어미를 욕한다. 꼭 서서 어미보고 눈을 부르대고 "조 깍쟁이가 왜 야단이야." 하고 욕을 한다. 먹을 것이 생기면 자식 먹이고 남편 대접하고, 자기는 늘 굶는 어미가 헛입노릇10이라도 하는 것을 보게 되면 "저 망할 계집년이 무얼 혼자만 처먹어?" 하고 욕을 한다. 다만 자기 어미나 아비의 말을 아니 들을 뿐 아니라, 주인마누라나 주인 나리가 무슨 말을 일러도 아니 듣는다. 먼 데 있는 것을 가까이 오게 하려면 손수 붙들어 와야 하고, 가까이 있는 것을 비키게 하려면 붙

---

7 세간 : 집안 살림에 쓰는 온갖 물건
8 홑누더기 : 한 겹으로 된 누더기. '누더기'는 해지거나 뜯어진 곳에 다른 천을 대어 누덕누덕 기운 옷이다.
9 띠 : 주로 아이를 업을 때 쓰는, 너비가 좁고 기다란 천
10 헛입노릇 : 입속에 아무것도 없으면서 마치 무엇을 씹는 것처럼 입을 오물거리는 짓

들어다 치워야 한다.

다음에 작은 계집애는 돌을 지나 세 살 먹은 것인데, 눈이 커다랗고 입술이 삐죽 나오고, 걸음은 겨우 빼뚤빼뚤 걷는다. 그러나 여태 말도 도무지 못 하고, 새벽부터 하루 종일 붙들어 매여 끌려가는 돼지 소리 같은 크고 흉한 소리를 내어 울어서 해를 보낸다.

울지 않는 때라고는 먹는 때와 자는 때뿐이다. 그러나 먹기는 썩 잘 먹는다. 먹을 것이라고 눈앞에 보이기만 하면 죄다 빼앗아다가 두 다리 사이에 넣고, 다리와 팔로 웅크리고 '옹옹' 소리를 내면서 혼자서 먹는다. 그렇게 심술 사나운 큰 계집애도 다 빼앗기고 졸연해서[11] 얻어먹지 못 한다. 이렇기 때문에 작은 것은 늘 어미 뒷잔등[12]에 업혀 있다. 만일, 내 려놓아 버려두면 그냥 땅바닥을 벗은 몸으로 두 다리를 턱 내뻗치고, 묶 여 가는 돼지 소리로 동리가 요란하도록 냅다 지른다.

그래서 어멈은 밤낮 작은 것을 업고 큰 것과 싸움을 하면서 얻어먹지 도 못하고, 물 긷고 걸레질 치고 빨래하며 서서 돌아간다. 작은 것에게 는 젖을 먹이고, 큰 것의 욕을 먹고 성화 받고, 사나이에게 '웅얼웅얼' 하 는 잔말을 듣는다. 밥 지을 쌀도 없는데, 밥 안 짓는다고 욕을 한다. 그 리고 아범은 밝기도 전에 지게를 지고 나갔다가 밤이 어두워서 들어오 지만, 하루에 두 끼니를 못 끓여 먹고, 대개는 벌이가 없어서 새벽에 나

---

11 졸연하다 : 생각할 겨를 없이 급하게 일어난 느낌이 있다.
12 뒷잔등 : '등'의 방언

갔다가도 오정13 때나 되면 일찍 들어온다. 들어와서는 흔히 잔다. 이런 때는 온종일 그 이튿날 아침까지 굶는다. 그때마다 말없던 어멈이 '옹알 옹알' 바가지 긁는 소리가 들린다. 어멈이 그 애들 때문에 그렇게 애쓰고, 그들의 살림이 그렇게 어려운 것을 보고, 나는 이따금 이렇게 생각하였다.

아내에게 말도 한다.

"저 애들을 누구를 주기나 하지."

위에 말한 것은 아범과 그 식구의 대강14한 정형15이다. 그러나 밤중에 그렇게 섧게 운 까닭은 무엇인가?

3

그 이튿날 아침이다. 마침 일요일이기 때문에 내게는 한가한 틈이 있어서 어멈에게서 그 내용을 들을 기회가 있었다.

"지난밤에 아범이 왜 그렇게 울었나?"

하는 아내의 말에 어멈의 대답은 대강 이러하였다.

"어멈이 늘 쌀을 팔러16 댕겨서 저 뒤의 쌀가게 마누라를 알지요. 그

---

13 오정 : 정오. 낮 열두시
14 대강 : 자세하지 않고 기본적인 정도로.
15 정형 : 사정과 형편
16 팔다 : 돈을 주고 곡식을 사다. 일반적으로 사용하는, '값을 받고 물건을 남에게 넘기다'와는 다른 뜻으로 쓰인 경우이다.

마누라가 퍽 고맙게 굴어서 이따금 앉아서 이야기도 했어요. 때때로 '그 애들을 데리고 어떻게나 지내나.' 하고 물어요. 그럴 적마다 '죽지 못해 살지요.' 하고 아무 말도 아니했어요. 그러는데 한번은 가니까, 큰애를 누구를 주면 어떠냐고 그래요. 그래서 '제가 데리고 있다가 먹이면 먹이고 죽이면 죽이고 하지, 제 새끼를 어떻게 남을 줍니까? 그리고 워낙 못생기고 아무 철이 없어서 에미 애비나 기르다가 죽이더라도 남은 못 주어요. 남이 가져갈 게 못 됩니다. 그것을 데려가시는 댁에서는 길러 무엇 합니까. 돼지면 잡아나 먹지요.' 하고 저는 줄 생각도 아니했어요. 그래도 그 마누라는 '어린것이 다 그렇지 어떤가. 어서 좋은 댁에서 달라니 보내게. 잘 길러 시집보내 주신다네. 그리고 젊은이들이 벌어먹고 살아야지. 애들을 다 데리고 있다가 인제 차차 날도 추워 오는데 모두 한꺼번에 굶어 죽지 말고……' 하시면서 여러 말로 대구[17] 권하셔요. 말을 들으니까 그랬으면 좋을 듯도 하기에 '그럼 저희 아범보고 말을 해 보지요.' 했지요. 그랬더니 그 마누라가 부쩍 달라붙어서 '내일 그 댁 마누라가 우리 집으로 오실 터이니 그 애를 데리고 오게.' 하셔요. 해서 저는 '글쎄요.' 하고 돌아왔지요. 돌아와서 그날 밤에, 그제 밤이올시다. 그제 밤이 아니라 어제 아침이올시다. 요새 저는 정신이 하나 없어요. 그래 밤에는 들어와서 반찬 없다고 밥도 안 먹고, 곤해서 쓰러져 자길래 그런 말을 못 하고, 어제 아침에야 그 이야기를 했

---

17 대구 : 대고. 무리하게 자꾸. 또는 계속하여 자꾸.

지요. 그랬더니 '내가 아나, 임자18 마음대로 하게 그려.' 그러고 일어서서 지게를 지고 나가 버리겠지요. 그러고는 저 혼자서 온종일 이리저리 생각을 해 보았지요. 아무려면 제 자식을 남에게 주고 싶지는 않지만 어떻게 합니까. 아씨 아시듯이 이제 새끼 또 하나 생깁니다 그려. 지금도 어려운데 어떻게 둘씩 셋씩 기릅니까. 그래서 차마 발길이 안 나가는 것을 오정 때가 되어서 데리고 갔지요. 짐승 같은 계집애는 아무런 것도 모르고 따라 나서요. 앞서 가는 것을 뒤로 보면서 생각을 하니까 어쩌 마음이 안되었어요19."

하면서 어멈은 울먹울먹한다. 눈물이 핑 돈다.

"그런 것을 데리고 갔더니 참말 웬 알지 못하는 마누라님이 앉아 계셔요. 그 마누라가 이걸 호떡이라 군밤이라 감이라 먹을 것을 사다 주면서, '나하고 우리 집에 가 살자. 이쁜 옷도 해 주고 맛난 밥도 먹고 좋지, 나하고 가자, 가자.' 하시니까 이것은 먹기에 미쳐서 대답도 아니하고 앉았어요."

이 말을 들을 때에 나는 그 계집애가 우리 마루 끝에 서서 우리 집 어린애가 감 먹는 것을 바라보다가, 내버린 감꼭지를 쳐다보면서 집어 가지고 나가던 것이 생각났다.

어멈은 다시 이야기를 이어,

---

18 임자 : 나이가 지긋한 부부 사이에서, 상대편을 서로 이르는 대명사
19 안되다 : 섭섭하거나 가엾어 마음이 언짢다.

"그래, 제가 어쩌나 보려고 '그럼 너 저 마님 따라가 살련? 나는 집에 갈 터이니.' 했더니 저는 본체만체하고 머리를 끄덕끄덕해요. 그래도 미심해서 '정말 갈 테야. 가서 울지 않을 테야' 하니까, 저를 한번 힐 끗 노려보더니 '그래, 걱정 말고 가요.' 하겠지요. 하도 어이가 없어서 내버리고 집으로 돌아왔지요. 그리고 돌아와서 저 혼자 가만히 생각하 니까, 아범이 또 무어라고 할는지 몰라 어째 안되었어요. 그래, 바삐 아범이 일하러 댕기는 데를 찾아갔지요. 한번 보기나 하려고, 염천교 다리로 남대문통으로 아무리 찾아야 있어야지요. 몇 시간을 애써 찾아 댕기다가 할 수 없이 그 댁으로 도루 갔지요. 갔더니 계집애도 그 마누 라도 벌써 떠나가 버렸겠지요. 그 댁 마님 말씀이 저녁 여섯 시 차에 광핸지 광한지로 떠났다고 하셔요. 가시면서 보고 싶으면 설 때에나 와 보고 와 살려면 농사짓고 살라고 하셨대요. 그래 하는 수가 있습니까. 그냥 돌아왔지요. 와서 아무 생각이 없어서 아범 저녁 지어줄 생각도 아니 하고 공연히 밖에 나가서 왔다 갔다 돌아댕기다가 들어왔지요. 저 는 눈물도 안 나요. 그러다가 밤에 아범이 들어왔기에 그 말을 했더니, 아무 말도 아니하고 그렇게 통곡을 했답니다. 여북하면[20] 제 자식을 꿈 에도 보두 못하던 사람에게 주겠어요. 할 수가 없어서 그렇지요. 집에 두고 굶기는 것보다 나을까 해서 그랬지요. 아범이 본래는 저렇게는 못 살지는 않았답니다. 저희 아버지 살았을 때는 벼 백 석이나 하고, 삼

---

20 여북하다 : 정도가 매우 심하거나 상황이 좋지 않다.

형제가 양평 시골서 남부럽지 않게 살았답니다. 이름들도 모두 좋지요. 맏형은 '장자[21]'요, 둘째는 '거부[22]'요, 아범이 셋짼데 '화수분[23]'이랍니다. 그런 것이 제가 간 후부터 시아버님이 돌아가시고, 그리고 맏아들이 죽고 농사 밑천인 소 한 마리를 도적맞고 하더니, 차차 못살게 되기 시작해서 종내 저렇게 거지가 되었답니다. 지금도 시골 큰댁엘 가면 굶지나 아니할 것을 부끄럽다고 저러고 있지요. 사내 못생긴 건 할 수가 없어요."

우리는 이제야 비로소 아범이 어제 울던 까닭을 알았고, 이때에 나는 비로소 아범의 이름이 '화수분'인 것을 알았고, 양평 사람인 줄도 알았다.

4

그런 지 며칠이 지난 어느 날 아침이다. 화수분은 새 옷을 입고 갓을 쓰고, 길 떠날 행장을 차리고 안으로 들어온다. 그것을 보니까, 지난밤에 아내에게서 들은 말이 생각난다. 시골 있는 형 거부가 일하다가 발을 다쳐서 일을 못 하고 누워 있기 때문에, 가뜩이나 흉년인 데다가 일을 못해서 모두 굶어 죽을 지경이니, 아범을 오라고 하니 가 보아야 하겠다는 말을 듣고, 나는 "가 보아야겠군." 하니까, 아내는 "김장이라도 해 주고

---

21 장자 : 큰 부자를 높여 이르는 말
22 거부 : 부자 가운데에서도 특히 큰 부자
23 화수분 : 재물이 계속 나오는 보물단지. 그 안에 온갖 물건을 담아 두면 아무리 써도 줄지 않는 설화에서 나온 단지를 이른다.

가야 할 터인데." 하기에 "글쎄, 그럼 그렇게 이르지." 한 일이 있었다.
아범은 뜰에서 허리를 한 번 굽히고 말한다.

"나리, 댕겨오겠습니다. 제 형이 일하다가 도끼로 발을 찍어서 일을 못
하고 누웠다니까 가 보아야겠습니다. 가서 추수나 해 주고는 곧 오겠습
니다. 거저 나리 댁만 믿고 갑니다."

나는 어떻게 대답했으면 좋을지 몰라서,

"잘 댕겨오게."

하였다.

아범은 다시 한 번 절을 하고,

"안녕히 계십시오."

하면서 돌아서 나갔다.

"저렇게 내버리고 가면 어떡합니까? 우리도 살기 어려운데 어떻게 불
때주고 먹이고 입히고 할 테요? 그렇게 곧 오겠소?"

이렇게 걱정하는 아내의 말을 듣고 나는 바삐 나가서 화수분을 불러서,

"곧 댕겨오게, 겨울을 나서는 안 되네."

하였다.

"암, 곧 댕겨옵지요."

화수분은 뒤를 돌아보고 이렇게 대답을 하고 달아난다.

5

화수분은 간 지 일주일이 되고 열흘이 되고 보름이 지나도 아니 온다.
어멈은 아범이 추수해서 쌀말이나 지고 돌아오기를 밤낮 기다려도 종내

오지 아니하였다. 김장때가 다 지나고 입동이 지나고 정말 추운 겨울이
되었다. 하루 저녁은 바람이 몹시 불고, 그 이튿날 새벽에는 하얀 눈이
펑펑 내려 쌓였다.

아침에 어멈이 들어와서 화수분의 동네 이름과 번지 쓴 종잇조각을 내
어놓으면서, 오지 않으면 제가 가겠다고, 편지를 써 달라고 하기에 곧
써서 부쳐까지 주었다.

그다음 날부터는 며칠 동안 날이 풀려서 꽤 따뜻하였다. 그래도 화수
분의 소식은 없다. 어멈은 본래 어린애가 딸려서 일을 잘 못하는 데다가,
다릿병이 있어 다리를 잘 못 쓰고, 더구나 며칠 전에 손가락을 다쳐서
일을 하지 못하는 것을 퍽 미안하게 생각한다.

그리고 추운 겨울에 혼자 살아갈 길이 막연하여, 종내 아범을 따라 시
골로 가기로 결심을 한 모양이다.

"그만, 아씨, 시골로 가겠습니다."

"몇 리나 되나?"

"몇 린지 사나이들은 일찍 떠나면 하루에 간다고 해두, 저는 이틀에나
겨우 갈 걸요."

"혼자 가겠나?"

"물어 가면 가기야 가지요."

아내와 이런 문답이 있은 다음 날, 아침, 바람이 몹시 불고 추운 날 아
침에 어멈은 어린것을 업고 돌아볼 것도 없는 행랑방을 한번 돌아보면
서 아창아창24 떠나갔다.

그날 밤에도 몹시 추웠다. 우리는 문을 꼭꼭 닫고 문틈을 헝겊으로 막

고 이불을 둘씩 덮고 꼭꼭 붙어서 일찍 잤다.

나는 자면서, 잘 갔나, 얼어 죽지나 않았나 하는 생각이 났다.

화수분도 가고, 어멈도 하나 남은 어린것을 업고 간 뒤에는 대문간은 깨끗해지고 시꺼먼 행랑방 방문은 닫혀 있었다. 그리고 우리 집에는 다시 행랑사람도 안 들이고 식모도 아니 두었다. 그래서 몹시 추운 날, 아내는 손수 어린것을 등에 지고 이웃집의 우물에 가서 배추와 무를 씻어서 김장을 대강 하였다. 아내는 혼자서 김장을 하면서 눈물을 흘리고 어멈 생각을 하였다.

6

김장을 다 마친 어떤 날, 추위가 풀려서 따뜻한 날 오후에, 동대문 밖에 출가해25 사는 동생 S가 오래간만에 놀러 왔다. S에게 비로소 화수분의 소식을 듣고 우리는 놀랐다. 그들은 본래 S의 시댁에서 천거해26 보낸 것이다. 그 소식은 대강 이렇다.

화수분이 시골 간 후에, 형 거부는 꼼짝 못하고 누워 있기 때문에, 형 대신 겸 두 사람의 일을 하다가 몸이 지쳐 몸살이 나서 넘어졌다. 열이 몹시 나서 정신없이 앓았다. 정신없이 앓으면서도 귀동이 (서울서 강화

---

24 아창아창 : 키가 작은 사람이나 짐승이 이리저리 찬찬히 걷는 모양. '아장아장'보다 거센 느낌을 준다.
25 출가하다 : 시집을 가다.
26 천거하다 : 어떤 일을 맡아 할 수 있는 사람을 그 자리에 쓰도록 추천하다.

사람에게 준 큰 계집애)를 부르고 늘 울었다.

"귀동아, 귀동아, 어델 갔니? 잘 있니……."

그러다가는 흑득흑득 느끼면서,

"그렇게 먹고 싶어 하는 사탕 한 알 못 사 주고 연시27 한 개 못 사 주고……."

하고, 소리를 내어 어이어이 운다.

그럴 때에 어멈의 편지가 왔다. 뒷집 기와집 진사28 댁 서방님이 읽어 주는 편지 사연을 듣고,

"아이구, 옥분아 (작은 계집애 이름), 옥분이 에미!"

하고 또 어이어이 운다. 울다가 펄떡 일어나서 서울서 넝마전29에서 사 입고 간 새 옷을 입고 갓을 썼다. 집안사람들이 굳이 말리는 것을 뿌리 치고 화수분은 서울을 향하여 어멈을 데리러 떠났다. 싸리문 밖에를 나가 화수분은 나는 듯이 달아났다.

화수분은 양평서 오정이 거의 되어서 떠나서, 해 져 갈 즈음해서 백 리를 거의 와서 어떤 높은 고개를 올라섰다. 칼날 같은 바람이 뺨을 친다. 그는 고개를 숙여 앞을 내려다보다가, 소나무 밑에 희끄무레한 사람의 모양을 보았다. 그것에 곧 달려가 보았다. 가본즉 그것은 옥분과 그

---

27 연시 : 연감. 물렁하게 잘 익은 감
28 진사 : 조선 시대, 과거의 예비 시험인 소과에 합격한 사람
29 넝마전 : 낡고 해져서 입지 못하게 된 옷이나 천 조각 따위를 파는 가게

의 어머니다. 나무 밑 눈 위에 나뭇가지를 깔고, 어린것 없는 헌 누더기를 쓰고 한끝으로 어린것을 꼭 안아 가지고 웅크리고 떨고 있다. 화수분은 왁 달려들어 안았다. 어멈은 눈을 떴으나 말은 못 한다. 화수분도 말을 못 한다. 어린것을 가운데 두고 그냥 껴안고 밤을 지낸 모양이다.

이튿날 아침에 나무장수가 지나다가, 그 고개에 젊은 남녀의 껴안은 시체와, 그 가운데 아직 막 자다 깨인 어린애가 등에 따뜻한 햇볕을 받고 앉아서, 시체를 툭툭 치고 있는 것을 발견하여 어린것만 소에 싣고 갔다.

선생님이 들려주는 그 시절 이야기

태환 : 선생님, 안녕하세요? 방금 작품을 읽었는데, 오늘은 전영택의 「화수분」얘기를 해 주세요.

선생님 : 그래, 알았다. 작품을 읽어 보니 어떤 느낌이 드니?

태환 : 겨울에 차가운 산속에서 얼어 죽은 부부를 떠올리니 뭔가 씁쓸하면서도 슬펐어요.

서연 : 저도 그래요. 또 그런 부모의 품속에서 기적적으로 살아난 아이를 생각하면 뭉클하면서 코끝이 찡하기도 하고요.

선생님 : 그래, 잘 읽었구나. 이야기를 잔잔하고 차분하게 전개하고, 비극적인 사건들에 애잔한 연민을 느끼게 하는 게 전영택 소설의 특징이라 할 수 있지.

그건 그렇고, 이 작품에서는 뭐가 궁금하니?

태환 : 네, 우선 '행랑'에 대해 알려 주세요. 작품을 보면, 주인공 화수분 가족이 주인집의 행랑방에 살고 있다고 나오는데, 그 방은 어떤 방인 거죠?

예전에 주요섭의 「사랑손님과 어머니」에서 '안방'과 '사랑방' 얘기를 해 주셨잖아요? 그때 방들이 제각기 위치와 역할이 달랐던 것처럼 '행랑'도 그럴 거 같은데, 정확히는 모르겠어요.

선생님 : '행랑'은 전통 가옥에서 대문간이나 대문 양쪽에 있는 방을 가리

킨다. 부자나 양반들이 살던 큰 한옥에서는 대문 옆쪽으로 행랑채를 길게 짓고 방을 여러 개 만들기도 했지. 그런 방에는 대개 하인들이 기거했단다.

태환 : 그래서 주인집 부부가 그들을 '아범'과 '어멈'이라고 불렀던 거군요? 작품 속에 '아범', '어멈'이란 말이 나오는데, 제가 알고 있는 일반적인 뜻과 다른 거 같아서 사전을 찾아봤어요. 그랬더니 '아범'이란 단어에 '나이 든 남자 하인을 조금 대접하여 이르던 말'이라는 뜻도 있었어요.

선생님 : 오, 태환이가 공부를 아주 열심히 했구나! 맞아, 그런 뜻으로도 아범과 어멈이란 말을 썼고, '행랑아범'이나 '행랑어멈'이란 단어가 따로 있기도 해.

서연 : 그럼, 화수분 부부가 그 집 하인이었나요?

선생님 : 조선 시대의 하인하고는 조금 다르지만 비슷하다고 할 수 있지. 예전에 남의 행랑에 살면서 그 집 일을 해주는 대신 생계를 꾸려가는 생활을 '행랑살이'라고 했어. 주인집에 노동력을 제공해 주고 그 대가로 주거와 함께 생계까지 해결했던 거지.

하지만 주인공 화수분은 지게를 지고 밖으로 나가 신통치 않기는 하지만 따로 밥벌이를 하니까 조금 다른 면이 있지. 그런데 다른 한편으론 주인집 김장하는 것을 도와야 한다는 내용을 보면, 하인처럼 그 집의 궂은일을 해 준 것도 맞아.

정리해 보자면, 아마도 생계는 따로 꾸려 가면서 행랑방을 얻어 사는 대가로 그 집의 일을 일부 도와주는 형태였다고 보면 될

듯하구나.

서연 : 네, 알겠습니다. 어쨌든 화수분 부부는 당시 가장 어렵게 생활하던 하층민이었던 거죠?

선생님 : 그래, 그렇게 볼 수 있지.

태환 : 그런데 그 시절 하층민들이 가난했다는 것은 알고 있었는데, 작품을 읽어 보면 요즘은 정말 상상하기도 힘들 정도로 가난했던 거 같아요.

선생님 : 어떤 부분에서 그런 걸 느꼈니?

태환 : 작품을 읽어 보면, 살림살이는 물론이고 입고 있는 거 말고는 옷도 없고, 이부자리도 없는 걸로 나와요. 심지어 그릇이나 숟가락 하나도 없어서 주인집에서 빌린 걸 쓰고, 주인집에서 버린 분유통으로 물을 떠다 먹잖아요. 밥도 하루에 두 끼를 못 먹는다고 나오고요. 정말 그렇게 심했나요?

선생님 : 그랬단다. 소설의 배경이 되는 1920년대는 일제의 수탈로 민중이 극도의 피해를 입던 시기였지. 일제의 토지 수탈로 많은 농민들이 소작농으로 전락해 궁핍해졌고, 도시로 이주해 간 사람들도 일자리가 없어 아주 가난했단다.

주인공 화수분도 새벽부터 지게를 지고 돈 벌러 나가지만 대개는 공치고 들어오지 않니? 그러니 가난과 배고픔에서 벗어날 길이 없었던 거야. 오죽하면 자기 딸을 남에게 주고 마음이 아파 통곡을 했겠니? 결국에는 비극적인 죽음에 이르게 되고……

태환 : 네, 실감은 잘 안 나지만 정말 비참했던 거 같아요.

서연 : 선생님, 그런데 이런 가난은 사회적인 문제잖아요? 나라를 잃어버려 일제의 의해 수탈당하는 건 개인이 어쩔 수 없는 문제니까요?

선생님 : 그렇지.

서연 : 그런데 이 작품에서는 그런 이야기가 거의 없는 거 같아요. 당시 사회의 현실을 묘사한다거나 비판한다거나 하는 내용이요.

선생님 : 그래 잘 보았다. 화수분 부부가 지독한 가난으로 아이를 남의 집에 보내고, 끝내 죽음에 이르고 마는 것은 분명 당시의 사회적 모순과 무관하지 않아. 시대적 문제라고 볼 수 있지.

그런데 이 작품에서는 그런 점이 별로 드러나지 않아. 그건 작가가 가난과 죽음을 사회 구조적인 문제로 보기보다는 개인적인 숙명이나 불행의 차원에서 보기 때문이야.

이런 특징은 비슷한 소재를 다룬 당시의 다른 작가들, 특히 계급적 관점에서 하층민들의 가난과 고통을 그려 냈던 신경향파나 카프 작가들과 많이 다른 점이야.

이 때문에 작가가 사회적 문제와 부조리의 근원을 깊이 있게 다루지 못했다고 비판받기도 하지. 하지만 다른 한편으로 순박한 사람들의 삶에 대한 순수한 연민과 애정을 참신하게 그려 낸 점은 작가 특유의 개성으로 높이 평가되고 있기도 해.

서연 : 네, 잘 알겠습니다.

태환 : 오늘도 좋은 말씀해 주셔서 감사합니다!

수난이대

하근찬 (1931~2007)

작가 소개

하근찬은 1931년 경상북도 영천에서 출생했다. 전주사범학교와 동아대학교를 중퇴하였고, 초등학교 교사와 잡지사 기자 생활을 하다가 1969년부터는 창작에만 전념하여 많은 작품을 남겼다.

그는 일제 강점기에 어린 시절을 보내고, 스물 살 무렵에는 한국 전쟁을 겪었다. 그 시절은 일제의 강제 징용과 동족상잔의 참혹한 전쟁 등 험난한 역사적 흐름 속에서 많은 사람들이 다치고 죽어간 시대였다. 그역시 한국 전쟁 때 초등학교 교장이던 아버지가 인민군에 의해 처형당하는 비극적인 사건을 겪기도 하였다.

하근찬은 이런 체험을 바탕으로 당대의 민족적 수난을 줄기차게 작품으로 그려 냈다. 1957년 〈한국일보〉에 「수난이대」가 당선되어 등단한 이후, 일제 강점기의 기억과 한국 전쟁의 체험을 형상화한 소설들을 주로 발표하였다.

그 가운데서도 산골의 농촌 마을을 배경으로 농민들이 역사적 격랑에 휩쓸려 당하는 시련과 희생을 상징적이면서도 사실적으로 그려 낸 소설들이 대표적인 작품으로 평가된다.

이와 같은 작품 세계는 수난당하는 민중들에 대한 깊은 애정을 바탕으로 당대의 비극적 현실을 증언하고 고발하려는 정신에서 비롯된 것이라할 수 있다.

작품 해설

이 소설은 하근찬의 등단작으로서, 그의 명성을 널리 알린 대표작 가운데 하나이다. 일제 강점기에서 한국 전쟁에 이르는 동안에 농촌 마을의 어느 부자가 2대에 걸쳐 겪은 비극적 체험과 고통을 다루고 있다.

아버지 박만도는 한국 전쟁에 나갔던 아들 진수가 돌아온다는 소식을 듣고 신바람이 나서 읍내의 기차역으로 마중을 나간다. 역의 대합실에서 기차를 기다리면서 만도는 예전에 징용에 끌려간 기억을 떠올린다. 바로 이 대합실에서 기차를 타고 떠나 남태평양의 어느 섬으로 가서 비행장을 닦고 동굴을 파는 노역에 시달리다가 공습으로 한쪽 팔을 잃고 돌아온 것이다.

이윽고 기적 소리와 함께 기차가 도착했지만 아들이 보이지 않아 만도는 당황해 한다. 그때 '아부지' 하고 부르는 소리에 돌아보고, 그는 두 눈이 부릅떠지고 입이 딱 벌어지고 만다. 아들이 한쪽 다리를 잃고 나타난 것이었다.

한없이 실망한 만도는 울분을 달래며 아들과 함께 집으로 돌아가는 길에 나선다. 그 길에서 부자는 외나무다리에 이르러 난감해진다. 그러나 이내 다리가 성한 아버지가 아들을 업고, 아들은 고등어와 지팡이를 손에 든 채 아버지 등에 업혀 외나무다리를 건너간다.

이런 줄거리에서 한쪽 팔을 잃은 아버지와 한쪽 다리를 잃은 아들이라는 설정은 매우 상징적이다. 역사적 격동기에 우리 민족이 반복적으로 겪은 처절한 수난과 시련을 집약적으로 제시하기 때문이다. 특히 외나무 다리를 건너가는 결말 부분은 두 차례의 전쟁에서 대를 이어 큰 상처를 입은 가족의 비극을 한 장면에 압축해서 인상적으로 보여 주고 있다.

하지만 이 작품이 단지 역사적 아픔을 드러내는 데 그치고 있는 것은 아니다. 아버지와 아들이 서로 의지하며 어렵사리 외나무다리를 건너가 는 모습은 절망적인 현실에 좌절하지 않고 이를 이겨 내려는 의지를 느끼게 한다. 여기서 아슬아슬하게 건너가야 하는 외나무다리는 고난의 현장이면서 또한 그 극복 가능성을 암시하는 상징적인 공간이 된다.

이처럼 작가는 역사에 의해 수난당하는 민중들의 아픔을 묘사하는 동시에 이들이 암울한 현실 속에서도 역경을 헤쳐 나가려 애쓰는 모습을 함께 보여 준다. 이런 점이 전쟁 체험을 형상화한 그의 소설이 지니는 주제적 특징으로 평가된다.

표현상의 특징으로는 토속적 어휘와 사투리의 구사를 통해 향토적인 분위기를 조성하면서, 이야기를 사실적이고 생동감 있게 만들고 있는 점이 두드러진다.

수난이대

진수가 돌아온다. 진수가 살아서 돌아온다. 아무개는 전사했다는 통지
가 왔고, 아무개 아무개는 죽었는지 살았는지 통 소식도 없는데, 우리 진
수는 살아서 오늘 돌아오는 것이다. 생각할수록 어깻바람1이 날 일이었
다. 그래 그런지 몰라도 박만도는 여느 때 같으면 아무래도 한두 군데
앉아 쉬어야 넘어설 수 있는 용머리재를 단숨에 올라채고 말았다. 가슴
이 펄럭거리고 허벅지가 뻐근했다. 그러나 그는 고갯마루에서도 쉴 생각
을 하지 않았다. 들 건너 멀리 바라보이는 정거장에서 연기가 물씬물씬
피어오르며 삐익 기적 소리가 들려왔기 때문이다. 아들이 타고 내려올
기차는 점심때가 가까워야 도착한다는 것을 모르는 바 아니었다. 해가
이제 겨우 산등성이 위로 한 뼘가량 떠올랐으니, 오정2이 되려면 아직
차례 멀었다. 그러나 그는 공연히 마음이 바빴다. 까짓것, 잠시 앉아 쉬
면 뭐할 끼고.

만도는 손가락으로 한쪽 콧구멍을 찍 누르면서 팽! 마른 코를 풀어 던
졌다. 그리고 휘청휘청 고갯길을 내려간다.

---

1 어깻바람 : 신이 나서 어깨가 으쓱거리며 활발하게 행동하는 기운
2 오정 : '정오'와 같은 말. 낮 열두 시를 의미한다.

내리막은 오르막에 비하면 아무것도 아니었다. 대고 팔을 흔들라치면 절로 굴러 내려가는 것이다. 만도는 오른쪽 팔만을 앞뒤로 흔들고 있었다. 왼쪽 팔은 조끼 주머니에 아무렇게나 쑤셔 넣고 있는 것이다. 삼대 독자가 죽다니 말이 되나, 살아서 돌아와야 일이 옳고말고. 그런데 병원에서 나온다 하니 어디를 좀 다치기는 다친 모양이지만, 설마 나같이 이렇게야 되지 않았겠지. 만도는 왼쪽 조끼 주머니에 꽂힌 소맷자락을 내려다보았다. 그 소맷자락 속에는 아무것도 든 것이 없었다. 그저 소맷자락만이 어깨 밑으로 덜렁 처져 있는 것이다. 그래서 노상 그쪽은 조끼 주머니 속에 꽂혀 있는 것이다. 볼기짝이나 장딴지 같은 데를 총알이 약간 스쳐 갔을 따름이겠지. 나처럼 팔뚝 하나가 몽땅 달아날 지경이었다면 엄살스런 놈이 견뎌 냈을 턱이 없고말고. 슬며시 걱정이 되기도 하는 듯, 그는 속으로 이런 소리를 주워섬겼다[3].

내리막길은 빨랐다. 벌써 고갯마루가 저만큼 높이 쳐다보였다. 산모퉁이를 돌아서면 이제 들판이다.

내리막길을 쏘아 내려온 기운 그대로, 만도는 들길을 잰걸음[4] 쳐 나가다가 개천 둑에 이르러서야 걸음을 멈추었다. 외나무다리가 놓여 있는 조그마한 시냇물이었다. 한여름 장마철에 들어설라치면 배꼽이 묻히는 수도 있었지마는, 요즈음엔 무릎이 잠길 듯 말 듯한 물이었다. 가을이 깊어지면

---

3 주워섬기다 : 들은 대로 본 대로 이러저러한 말을 아무렇게나 늘어놓다.
4 잰걸음 : 보폭이 짧고 빠른 걸음

서부터 물은 밑바닥이 환히 들여다보일 만큼 맑아져 갔다. 소리도 없이 미끄러져 내려가는 물을 가만히 내려다보고 있으면 절로 이가 시려 온다.

만도는 물기슭에 내려가서 쭈그리고 앉아 한 손으로 고의춤5을 풀어 헤쳤다. 오줌을 찌익 갈기는 것이다. 거울 면처럼 맑은 물 위에 오줌이 가서 부글부글 끓어오르며 뿌우연 거품을 이루니 여기저기서 물고기 떼가 모여든다. 제법 엄지손가락만씩 한 피리6도 여러 마리다. 한 바가지 잡아서 회 쳐 놓고 한잔 쭈욱 들이켰으면⋯⋯. 군침이 목구멍에서 꿀꺽했다. 고기 떼를 향해서 마른 코를 팽팽 풀어 던지고, 그는 외나무다리를 조심히 디뎠다.

길이가 얼마 되지 않는 다리였으나, 아래로 물을 내려다보면 제법 아찔했다. 그는 이 외나무다리를 퍽 조심했다.

언젠가 한번 읍에서 술이 꽤 되어 가지고 흥청거리며 돌아오다가 물에 굴러떨어진 일이 있었던 것이다. 지나치는 사람이 없었기에 망정이지 누가 보았더라면 큰 웃음거리가 될 뻔했었다. 발목 하나를 약간 접쳤을7 뿐, 크게 다친 데는 없었다. 이른 가을철이었기 때문에 옷을 벗어 둑에 널어놓고 말릴 수는 있었으나, 여간 창피스러운 것이 아니었다. 옷이 말짱 젖었다거나 옷이 마를 때까지 발가벗고 기다려야 한다거나 해서가

---

5 고의춤 : 남성용 여름 홑바지의 허리 부분을 접어서 여민 사이
6 피리 : 피라미의 방언. 우리나라 강에서 흔히 볼 수 있는 잉엇과의 민물고기
7 접치다 : 휘거나 꺾어서 겹치다.

아니었다. 팔뚝 하나가 몽땅 잘려 나간 흉측한 몸뚱어리를 하늘 앞에 드러내 놓고 있어야 했기 때문이었다. 지나치는 사람이 있을라치면 하는 수 없이 물속으로 뛰어 들어가서 얼굴만 내놓고 앉아 있었다. 물이 선뜩해서8 아래턱이 덜덜거렸으나, 오그라 붙는 사타구니께를 한 손으로 꽉 움켜쥐고 버티는 수밖에 없었다.

"흐흐흐……."

그때 일을 생각하면 지금도 곧 웃음이 터져 나온다. 하늘로 쳐들린 콧구멍이 연방 벌름거렸다.

개천을 건너서 논두렁길을 한참 부지런히 걸어가노라면 읍으로 들어가는 한길9이 나선다. 도로변에 먼지를 부옇게 덮어쓰고 도사리고 앉아 있는 초가집은 주막이다. 만도가 읍에 나올 때마다 꼭 한 번씩 들르곤 하는 단골집인 것이다. 이 집 눈썹이 짙은 여편네와는 예사로 농을 주고받는 사이다.

술방 문턱을 들어서며 만도가,

"서방님 들어가신다."

하면 여편네는,

"아이 문둥아, 어서 오느라."

하는 것이 인사처럼 되어 있었다. 만도는 여간 언짢은 일이 있어도 이

---

8 선뜩하다 : 갑자기 서늘한 느낌이 있다.
9 한길 : 차나 사람이 많이 다니는 넓은 길

여편네의 궁둥이 곁에 가서 앉으면 속이 저절로 쑥 내려가는 것이었다.

주막 앞을 지나치면서 만도는 술방 문을 열어 볼까 했으나, 방문 앞에 신이 여러 켤레 널려 있고, 방 안에서 웃음소리가 요란하기 때문에 돌아오는 길에 들르기로 하였다.

신작로10에 나서면 금세 읍이었다. 만도는 읍 들머리11에서 잠시 망설이다가, 정거장 쪽과는 반대되는 방향으로 걸음을 옮겼다. 장거리12를 찾아가는 것이었다. 진수가 돌아오는데 고등어나 한 손13 사 가지고 가야 될 게 아닌가 싶어서였다. 장날은 아니었으나, 고깃전에는 없는 고기가 없었다. 이것을 살까 하면 저것이 좋아 보이고, 그것을 사러 가면 또 그 옆의 것이 먹음직해 보였다. 한참 이리저리 서성거리다가 결국은 고등어 한 손이었다. 그것을 달랑달랑 들고 정거장을 향해 가는데, 겨드랑 밑이 간질간질해 왔다. 그러나 한쪽밖에 없는 손에 고등어를 들었으니 참 딱했다. 어깻죽지를 연방 위아래로 움직거리는 수밖에 없었다.

정거장 대합실14에 들어선 만도는 먼저 벽에 걸린 시계부터 바라보

10 신작로 : 새로 만든 길이라는 뜻으로, 자동차가 다닐 정도로 넓게 새로 낸 길을 이른다.
11 들머리 : 들어가는 맨 첫머리
12 장거리 : 장이 서는 거리
13 손 : 한 손에 잡을 만한 분량을 세는 단위. 조기, 고등어, 통배추 따위는 큰 것 하나와 작은 것 하나를 합해서, 미역, 미나리, 파 따위는 한 줌 분량을 한 손이라 한다.
14 대합실 : 공공시설에서 손님이 기다리며 머물 수 있도록 마련한 곳

앞다. 두 시 이십 분이었다. 벌써 두 시 이십 분이라니 내가 잘못 보
나…. 아무리 두 눈을 씻고 보아도 시계는 틀림없는 두 시 이십 분인
것이었다. 한쪽 걸상에 가서 궁둥이를 붙이면서도 곧장 미심쩍어했
다15. 두 시 이십 분이라니, 그럼 벌써 점심때가 지났단 말인가. 말도
아닌 것이다. 자세히 보니 시계는 유리가 깨어졌고, 먼지가 꺼멓게 앉
아 있었다. 그러면 그렇지, 엉터리였다. 벌써 그렇게 되었을 리가 없는
것이다.

"여보이소, 지금 몇 싱교?"

맞은편에 앉은 양복쟁이한테 물어보았다.

"열 시 사십 분이오."

"예, 그렁교."

만도는 고개를 굽실하고는 두 눈을 연방 껌벅거렸다. 열 시 사십 분
이라, 보자…… 그러면 아직도 한 시간이나 남았구나. 그는 이제 안심
이 되는 듯 후유 숨을 내쉬었다. 궐련16을 한 개 빼 물고 불을 댕겼
다.

정거장 대합실에 와서 이렇게 도사리고 앉아 있노라면, 만도는 곧잘
생각하는17 일이 한 가지 있었다. 그 일이 머리에 떠오르면 등골을 찬

---

15 미심쩍다 : 분명하거나 명확하지 못하여 마음에 거리끼는 데가 있다.
16 궐련 : 얇은 종이로 가늘고 길게 말아 놓은 담배
17 생각히다 : '생각나다'의 잘못된 표현

기운이 좍 스쳐 내려가는 것이었다. 손가락이 시퍼렇게 굳어진, 이끼 낀 나무토막 같은 팔뚝이 지금도 저만큼 눈앞에 보이는 듯했다.

바로 이 정거장 마당에 백 명 남짓한 사람들이 모여 웅성거리고 있었다. 그중에는 만도도 섞여 있었다. 기차를 기다리고 있는 것이었으나, 그들은 모두 자기네들이 어디로 가는 것인지 알지를 못했다. 그저 차를 타라면 탈 사람들이었다. 징용18에 끌려 나가는 사람들이었다. 그러니까 지금으로부터 십이삼 년 옛날의 이야기인 것이다.

북해도19 탄광으로 갈 것이라는 사람도 있었고, 틀림없이 남양 군도20로 간다는 사람도 있었다. 더러는 만주로 가면 좋겠다고 하기도 했다. 만도는 북해도가 아니면 남양 군도일 것이고, 거기도 아니면 만주겠지, 설마 저희들이 하늘 밖으로야 끌고 가겠느냐고, 아무렇지도 않은 듯이 그들창코21로 담배 연기를 푹푹 내뿜고 있었다. 그러나 마음이 좀 덜 좋은 것은 마누라가 저쪽 변소 모퉁이 벚나무 밑에 우두커니 서서 한눈도 안 팔고 이쪽만을 바라보고 있는 때문이었다. 그래서 그는 주머니 속에 성냥을 두고도 옆 사람에게 불을 빌리자고 하며 슬며시 돌아서 버리곤 했다.

---

18 징용 : 전쟁이나 사변 같은 비상사태에 국가의 권력으로 국민을 강제적으로 일정한 업무에 종사시키는 일을 의미한다. 여기서는 일제 강점기에 일제가 조선 사람을 강제로 동원하여 부리던 일을 뜻한다.

19 북해도 : 일본의 '홋카이도'를 우리 한자음으로 읽은 이름

20 남양 군도 : 태평양의 적도 부근에 흩어져 있는 섬의 무리를 가리키는데, 마리아나, 마셜, 캐롤라인, 팔라우 따위의 여러 군도로 나뉜다.

21 들창코 : 코끝이 위로 들려서 콧구멍이 드러나 보이는 코

플랫폼22으로 나가면서 뒤를 돌아보니, 마누라는 울 밖에 서서 수건으로 코를 눌러 대고 있는 것이었다. 만도는 코허리23가 찡했다. 기차가 꽥꽥 소리를 지르면서 덜커덩! 하고 움직이기 시작했을 때는 정말 덜 좋았다. 눈앞이 뿌우옇게 흐려지는 것을 어쩌지 못했다. 그러나 정거장이 까맣게 멀어져 가고, 차창 밖으로 새로운 풍경이 휙휙 날아들자, 그제야 아무렇지도 않아지는 것이었다. 오히려 기분이 유쾌해지는 것 같기도 했다.

바다를 본 것도 처음이었고, 그처럼 큰 배에 몸을 실어 본 것은 더구나 처음이었다. 배 밑창에 엎드려서 꽥꽥 게워 내는 사람들이 많았으나, 만도는 그저 골이 좀 띵했을 뿐 아무렇지도 않았다. 더러는 하루에 두 개씩 주는 뭉치 밥을 남기기도 했으나, 그는 한꺼번에 하루 것을 뚝딱해도 시원찮았다.

모두들 내릴 준비를 하라는 명령이 떨어진 것은 사흘째 되는 날 황혼 때였다. 제각기 봇짐24을 챙기기에 바빴다. 만도도 호박덩이만 한 보따리를 옆구리에 덜렁 찼다. 갑판 위에 올라가 보니 하늘은 활활 타오르고 있고, 바닷물은 불에 녹은 쇠처럼 벌겋게 출렁거리고 있었다. 지금 막 태양이 물 위로 뚝 떨어져 가는 중이었다. 햇덩어리가 어쩌면 그렇게 크

---

22 플랫폼 : 역에서 기차를 타고 내리는 곳
23 코허리 : 콧등의 잘록한 부분
24 봇짐 : 등에 지기 위하여 물건을 보자기에 싸서 꾸린 짐

고 붉은지 정말 처음이었다. 그리고 바다 위에 주황빛으로 번쩍거리는 커다란 산이 둥둥 떠 있는 것이었다. 무시무시하도록 황홀한 광경에 모두들 딱 벌어진 입을 다물 줄 몰랐다. 만도는 어깨마루를 버쩍 들어 올리면서 히야, 고함을 질러 댔다. 그러나 섬에서 그들을 기다리고 있는 것은 숨 막히는 더위와 강제 노동과 그리고 잠자리만씩이나 한 모기 떼……. 그런 것뿐이었다.

섬에다가 비행장을 닦는 것이었다. 모기에게 물려 혹이 된 자리를 벅벅 긁으며 비 오듯 쏟아지는 땀을 무릅쓰고, 아침부터 해가 떨어질 때까지 산을 허물어 내고, 흙을 나르고 하기란 고향에서 농사일에 뼈가 굳어진 몸에도 이만저만한 고역25이 아니었다. 물도 입에 맞지 않았고, 음식도 이내 변하곤 해서 도저히 견디어 낼 것 같지가 않았다. 게다가 병까지 돌았다. 일을 하다가도 벌떡 자빠지기가 예사였다. 그러나 만도는 아침저녁으로 약간씩 설사를 했을 뿐 넘어지지는 않았다. 물도 차츰 입에 맞아 갔고, 고된 일도 날이 감에 따라 몸에 배어드는 것이었다. 밤에 날개를 치며 몰려드는 모기떼만 아니면 그냥저냥 배겨26 내겠는데, 정말 그놈의 모기들만은 질색이었다.

사람의 힘이란 무서운 것이었다. 그처럼 험난하던 산과 산 틈바구니에 비행장을 닦아 내고야 말았던 것이다. 그러나 일은 그것으로 끝나는 것

---

25 고역 : 몹시 힘들고 고되어 견디기 어려운 일
26 배기다 : 어려운 일을 잘 참고 견디다.

이 아니고, 오히려 더 벅찬 일이 기다리고 있었다. 연합군의 비행기가 날아들면서부터 일은 밤중까지 계속되었다. 산허리에 굴을 파들어 가는 작업이었다. 비행기를 집어넣을 굴이었다. 그리고 모든 시설을 다 굴속으로 옮겨야 하는 것이었다.

여기저기서 다이너마이트 튀는 소리가 산을 흔들어 댔다. 앵앵앵 하고 공습경보27가 나면 일을 하던 손을 놓고 모두가 굴 바닥에 납작납작 엎드려 있어야 했다. 비행기가 돌아갈 때까지 그러고 있는 것이었다. 어떤 때는 근 한 시간 가까이나 엎드려 있어야 하는 때도 있었는데, 차라리 그것이 얼마나 편한지 몰랐다. 그래서 더러는 공습이 있기를 은근히 기다리기도 했다. 때로는 공습경보의 사이렌을 듣지 못하고 그냥 일을 계속하는 수도 있었다. 그럴 때면 모두 큰 손해를 보았다고 야단들이었다. 어떻게 된 셈인지 사이렌이 미처 불기 전에 비행기가 산등성이를 넘어 들이닥치는 수도 있었다. 그럴 때는 정말 질겁을 했다. 가장 많이 피해를 낸 것도 그런 경우였다. 만도가 한쪽 팔뚝을 잃어버린 것도 바로 그런 때의 일이었다.

여느 날과 다름없이 굴속에서 바위를 허물어 내고 있었다. 바위 틈서리에 구멍을 뚫어서 다이너마이트 장치를 하는 것이었다. 장치가 다 되면 모두 바깥으로 나가고, 한 사람만 남아서 불을 댕기는 것이다. 그리고 그것이 터지기 전에 얼른 밖으로 뛰어나와야 한다.

---

27 공습경보 : 적의 항공기가 공격하여 왔을 때 위험을 알리는 경보

만도가 불을 댕기는 차례였다. 모두 바깥으로 나가 버린 다음 그는 성냥을 꺼냈다. 그런데 웬 영문인지 기분이 꺼림칙했다. 모기에 물린 자리가 자꾸 쑥쑥 쑤시는 것이 아닌가. 긁적긁적 긁어 댔으나 도무지 시원한 맛이 없었다. 그는 이맛살을 찌푸리면서 성냥을 득! 그었다. 그래 그런지 몰라도 불은 이내 픽 하고 꺼져 버렸다. 성냥 알맹이 네 개째에서 겨우 심지에 불이 댕겨졌다. 심지에 불이 붙는 것을 보자, 그는 얼른 몸을 굴 밖으로 날렸다. 바깥으로 막 나서려는 때였다. 산이 무너지는 듯한 소리와 함께 사나운 바람이 귓전을 후려갈기는 것이었다. 만도는 정신이 아찔했다. 공습이었던 것이다. 산등성이를 넘어 달려든 비행기가 머리 위로 아슬아슬하게 지나가는 것이었다. 미처 정신을 차리기도 전에 또 한 대가 뒤따라 날아드는 것이 아닌가. 만도는 그만 넋을 잃고 굴 안으로 도로 달려 들어갔다. 달려 들어가서 굴 바닥에 엎드리고 말았다. 그 순간이었다. 쾅! 굴 안이 미어지는 듯하면서 다이너마이트가 터졌다. 만도의 두 눈에서 불이 번쩍했다.

만도가 어렴풋이 눈을 떠 보니, 바로 거기 눈앞에 누구의 것인지 모를 팔뚝이 하나 아무렇게나 던져져 있었다. 손가락이 시퍼렇게 굳어져서 마치 이끼 낀 나무토막처럼 보이는 팔뚝이었다. 만도는 그것이 자기의 어깨에 붙어 있던 것인 줄을 알자, 그만 으악! 정신을 잃어버렸다. 재차 눈을 떴을 때는 그는 푹신한 담요 속에 누워 있었고, 한쪽 어깻죽지가 못 견디게 쿡쿡 쑤셔 댔다. 절단 수술이 이미 끝난 뒤였다.

꽤애액 기적 소리였다. 멀리 산모퉁이를 돌아오는가 보다. 만도는 자리를 털고 벌떡 일어서며 옆에 놓아둔 고등어를 집어 들었다. 기적 소리가 가까워질수록 그의 가슴이 울렁거렸다. 대합실 밖으로 뛰어나가 플랫폼이 잘 보이는 울타리 쪽으로 가서 발돋움을 했다.

땡땡땡 종이 울리자, 잠시 후 차는 소리를 지르면서 들이닥쳤다. 기관차의 옆구리에서는 김이 픽픽 풍겨 나왔다. 만도의 얼굴은 바짝 긴장되었다. 시꺼먼 열차 속에서 꾸역꾸역 사람들이 밀려 나왔다. 꽤 많은 손님이 쏟아져 내리는 것이었다. 만도의 두 눈은 곧장 이리저리 굴렀다. 그러나 아들의 모습은 쉽사리 눈에 띄지가 않았다. 저쪽 출입구로 밀려가는 사람들의 물결 속에 두 개의 지팡이를 짚고 절룩거리면서 걸어 나가는 상이군인28이 있었으나, 만도는 그 사람에게 주의가 가지는 않았다.

기차에서 내릴 사람은 모두 내렸는가 보다. 이제 미처 차에 오르지 못한 사람들이 플랫폼을 이리저리 서성거리고 있을 뿐인 것이다. 그놈이 거짓으로 편지를 띄웠을 리는 없을 건데……. 만도는 자꾸 가슴이 떨렸다. 이상한 일인데…… 하고 있을 때였다. 분명히 뒤에서,

"아부지!"

부르는 소리가 들렸다. 만도는 깜짝 놀라며 얼른 뒤를 돌아보았다. 그 순간 만도의 두 눈은 무섭도록 크게 떠지고, 입은 딱 벌어졌다. 틀림없는 아들이었으나, 옛날과 같은 진수가 아니었다. 양쪽 겨드랑이에 지팡이를 끼고 서 있는데, 스쳐 가는 바람결에 한쪽 바짓가랑이가 펄럭거리

---

28 상이군인 : 전투나 임무를 수행하던 중에 몸을 다친 군인

는 것이 아닌가.

만도는 눈앞이 노오래지는 것을 어쩌지 못했다. 한참 동안 그저 멍멍하기만 하다가, 코허리가 찡해지면서 두 눈에 뜨거운 것이 핑 도는 것이었다.

"에라이 이놈아."

만도의 입술에서 모질게 튀어나온 첫마디였다. 떨리는 목소리였다. 고등어를 든 손이 불끈 주먹을 쥐고 있었다.

"이기 무슨 꼴이고, 이기."

"아부지"

"이놈아, 이놈아……."

만도의 들창코가 크게 벌름거리다가 훌쩍 물코29를 들이마셨다.

진수의 두 눈에서는 어느 결에 눈물이 꾀죄죄하게 흘러내리고 있었다. 만도는 모든 게 진수의 잘못이기나 한 듯 험한 얼굴로,

"가자, 어서!"

무뚝뚝한 한마디를 던지고는 성큼성큼 앞장을 서 가는 것이었다.

진수는 입술에 내려와 묻는 짭짤한 것을 혀끝으로 날름 핥아 버리면서 절름절름 아버지의 뒤를 따랐다.

앞장서 가는 만도는 뒤따라오는 진수를 한 번도 돌아보지 않았다. 한눈을 파는 법도 없었다. 무겁디무거운 짐을 진 사람처럼 땅바닥만을 내려다보며 이따금 끙끙거리면서 부지런히 걸어만 가는 것이다. 지팡이에

---

29 물코 : 물기가 많은 콧물

몸을 의지하고 걷는 진수가 성한 사람의, 게다가 부지런히 걷는 걸음을 당해 낼 수는 도저히 없었다. 한 걸음 두 걸음씩 뒤지기 시작한 것이 그만 작은 소리로 불러서는 들리지 않을 만큼 떨어져 버리고 말았다. 진수는 목구멍에서 왈칵 넘어오려는 뜨거운 기운을 꾹 참느라고 어금니를 야물게30 깨물어 보기도 하였다. 그리고 두 개의 지팡이와 한 개의 다리를 열심히 움직여 대는 것이었다.

앞서 간 만도는 주막집 앞에 이르자, 비로소 한 번 뒤를 돌아보았다. 진수는 오다가 나무 밑의 그늘에서 오줌을 누고 있었다. 지팡이는 땅바닥에 던져 놓고, 한쪽 손으로는 볼일을 보고, 한쪽 손으로는 나무둥치를 안고 있는 꼬락서니가 을씨년스럽기31 이를 데 없었다. 만도는 눈살을 찌푸리며 으음 신음 소리 비슷한 무거운 소리를 토했다. 그리고 술방 앞으로 가서 방문을 왈칵 잡아당겼다.

기역자 판 안에 도사리고 앉아서 속옷을 뒤집어 이를 잡고 있던 여편네가 킥 웃으며 후다닥 옷섶32을 여몄다. 그러나 만도는 웃지를 않았다. 방문턱을 넘어서면서도 서방님 들어가신다는 소리를 내뱉지 않았다. 이처럼 뚝뚝한33 얼굴을 하고 이 술방에 들어서기란 아마 처음 일일 것이다. 여편네가 멋도 모르고,

---

30 야물다 : 단단하고 딱딱하다.

31 을씨년스럽다 : 날씨나 분위기 따위가 몹시 스산하고 쓸쓸한 데가 있다.

32 옷섶 : 두루마기나 저고리 따위의 깃 아래에 달린 긴 헝겊 조각

33 뚝뚝하다 : 무뚝뚝하다. 말이나 행동, 표정 따위가 부드럽고 상냥한 면이 없어 정답지가 않다.

"오늘은 서방님 아닌가 배."

하고 킬룩 웃었으나, 만도는 으음 또 무거운 신음 소리를 했을 뿐이었다.

기역자 판 앞에 가서 쭈그리고 앉기가 바쁘게,

"빨리빨리."

재촉이었다.

"하따나, 어지간히도 바쁜가 배."

"빨리 곱빼기로 한 사발 달라니까구마."

"오늘은 와 이카노?"

여편네가 건네주는 술 사발을 받아 들며, 만도는 후유 숨을 크게 내쉬었다. 그리고 입을 얼른 사발로 가져갔다. 꿀꿀꿀 잘도 넘어간다. 그 큰 사발을 단숨에 비워 버리고는 도로 여편네 앞으로 불쑥 내민다.

그렇게 거들빼기34로 석 잔을 해치우고서야 으으윽 게트림35을 했다. 여편네가 눈을 휘둥그레 가지고 혀를 내둘렀다. 빈속에 술을 그처럼 때려 마시고 보니 금세 눈두덩이 확확 달아오르고, 귀뿌리가 발갛게 익어 갔다.

술기가 얼근하게36 돌자, 이제 좀 속이 풀리는 것 같아 방문을 열고 바깥을 내다보았다. 진수는 이마에 땀을 척척 흘리면서 저만큼 오고 있었다.

---

34 거들빼기 : '연거푸'의 방언
35 게트림 : 거만스럽게 거드름을 피우며 하는 트림
36 얼근하다 : 술에 취하여 정신이 조금 어렴풋하다.

"진수야"

버럭 소리를 질렀다.

"이리 들어와 보래."

진수는 아무런 대꾸도 없이 어기적어기적 다가왔다.

다가와서 방문턱에 걸터앉으니까 여편네가 보고,

"방으로 좀 들어오이소."

한다.

"여기 좋심더."

그는 수세미 같은 손수건으로 이마와 코언저리를 아무렇게나 훔친다.

"마, 아무 데서나 묵어라. 저, 국수 한 그릇 말아 주소."

"야."

"곱빼기로 잘 좀…. 참지름37도 치소, 잉?"

"야아."

여편네는 코로 히죽 웃으면서 만도의 옆구리를 살짝 꼬집고는, 소쿠리38에서 삶은 국수 두 뭉텅이를 집어 든다.

진수가 국수를 훌훌 끌어 넣고 있을 때, 여편네는 만도의 귓전으로 얼굴을 살짝 갖다 댄다.

"아들인가?"

---

37 참지름 : '참기름'의 방언
38 소쿠리 : 대나 싸리로 엮어 짜서 만든 그릇

만도는 고개를 약간 앞뒤로 끄덕거렸을 뿐 좋은 기색을 하지 않았다.

진수가 국물을 훌쩍 들이마시고 나자 만도는,

"한 그릇 더 묵을래?"

한다.

"아니예."

"한 그릇 더 묵지 와."

"고만 묵을랍니다."

진수는 입술을 썩 닦으며 부스스 자리에서 일어났다.

주막을 나선 그들 부자는 논두렁길로 접어들었다. 조금 전처럼 만도가 앞장을 서는 것이 아니라, 이번에는 진수를 앞세웠다. 지팡이를 짚고 기우뚱기우뚱 앞서 가는 아들의 뒷모습을 바라보며 팔뚝이 하나밖에 없는 아버지가 느릿느릿 따라가는 것이다. 손에 매달린 고등어가 곧장 달랑달랑 춤을 춘다. 너무 급하게 들이부어서 그런지 만도의 배 속에서는 우글우글 술이 끓고, 다리가 휘청거린다. 콧구멍으로 더운 숨을 훅훅 내뿜어 본다. 정신이 아른하다. 좋다.

"진수야!"

"예."

"니 우짜다가 그래 됐노?"

"전쟁하다가 이래 안 됐십니꼬. 수류탄 쪼가리에 맞았심더."

"수류탄 쪼가리에?"

"예."

"음⋯."

"얼른 낫지 않고 막 썩어 들어가기 땜에 군의관이 짤라 버립디더, 병원에서예."

"......"

"아부지!"

"와?"

"이래 가지고 나 우째 살까 싶습니더."

"우째 살긴 뭘 우째 살아. 목숨만 붙어 있으면 다 사는 기다. 그런 소리 하지 마라."

"......"

"나 봐라, 팔뚝이 하나 없어도 잘만 안 사나. 남 봄에 좀 덜 좋아서 그렇지, 살기사 와 못 살아."

"차라리 아부지같이 팔이 하나 없는 편이 낫겠어예. 다리가 없어 노니 첫째 걸어 댕기기가 불편해서 똑 죽겠심더."

"야야, 안 그렇다. 걸어 댕기기만 하면 뭐하노. 손을 제대로 놀려야 일이 뜻대로 되지."

"그럴까예?"

"그렇다니까. 그러니까 집에 앉아서 할 일은 니가 하고, 나댕기메39 할 일은 내가 하고, 그라면 안 되겠나, 그제?"

"예."

---

39 나댕기다 : 나다니다. 밖으로 나가 여기저기 다니다.

진수는 가벼운 한숨을 내쉬며 아버지를 돌아보았다. 만도는 돌아보는 아들의 얼굴을 향해서 지그시 웃어 주었다.

술을 마시고 나면 이내 오줌이 마려워진다. 만도는 길가에 아무렇게나 쭈그리고 앉아서 고기 묶음을 입에 물려고 한다. 그것을 본 진수는,

"아부지, 그 고등어 이리 주이소."

한다.

팔이 하나밖에 없는 몸으로 물건을 손에 든 채 소변을 볼 순 없는 것이다. 아버지가 볼일을 마칠 때까지, 진수는 저만큼 떨어져 서서 지팡이를 한쪽 손에 모아 쥐고, 다른 손으로는 고등어를 들고 있었다. 볼일을 다 본 만도는 얼른 가서 아들의 손에서 고등어를 다시 받아 든다.

개천 둑에 이르렀다. 외나무다리가 놓여 있는 그 시냇물이다. 진수는 슬그머니 걱정이 되었다. 물은 그렇게 깊은 것 같지 않지만, 밑바닥이 모래흙이어서 지팡이를 짚고 건너가기가 만만할 것 같지 않기 때문이다. 외나무다리는 도저히 건너갈 재주가 없고……. 진수는 하는 수 없이 둑에 퍼지르고 앉아서 바짓가랑이를 걷어 올리기 시작했다.

만도는 잠시 멀뚱히 서서 아들의 하는 양40을 내려다보고 있다가,

"진수야, 그만두고, 자아, 업자."

하는 것이었다.

"업고 건느면 일이 다 되는 거 아니가. 자아, 이거 받아라."

---

40 양 : 사물이나 현상의 모양이나 상태

고등어 묶음을 진수 앞으로 내민다.

진수는 퍽 난처해 하면서 못 이기는 듯이 그것을 받아 들었다. 만도는 등어리를 아들 앞에 갖다 대고 하나밖에 없는 팔을 뒤로 버쩍 내밀며,

"자아, 어서!"

했다.

진수는 지팡이와 고등어를 각각 한 손에 쥐고, 아버지의 등어리로 가서 슬그머니 업혔다. 만도는 팔뚝을 뒤로 돌리면서 아들의 하나뿐인 다리를 꼭 안았다. 그리고,

"팔로 내 목을 감아야 될 끼다."

했다.

진수는 무척 황송한[41] 듯 한쪽 눈을 찍 감으면서 고등어와 지팡이를 든 두 팔로 아버지의 목줄기를 부둥켜안았다.

만도는 아랫배에 힘을 주며 끙 하고 일어났다. 아랫도리가 약간 후들거렸으나 걸어갈 만은 했다. 외나무다리 위로 조심조심 발을 내디디며 만도는 속으로, 이제 새파랗게 젊은 놈이 벌써 이게 무슨 꼴고 세상을 잘못 만나서 진수 니 신세도 참 똥이다 똥. 이런 소리를 주워섬겼고, 아버지의 등에 업힌 진수는 곧장 미안스러운 얼굴을 하며,

'나꺼정 이렇게 되다니 아부지도 참 복도 더럽게 없지. 차라리 내가 죽어 버렸더라면 나았을 낀데……'

....

41 황송하다 : 분에 넘쳐 고맙고도 죄송하다.

하고 속으로 중얼거렸다.

만도는 아직 술기가 약간 있었으나, 용케 몸을 가누며 아들을 업고 외나무다리를 조심조심 건너가는 것이었다.

눈앞에 우뚝 솟은 용머리재가 이 광경을 가만히 내려다보고 있었다.

선생님이 들려주는 그 시절 이야기

태환 : 선생님, 오늘은 하근찬의 「수난이대」에 관한 얘기를 좀 해주세요. 작품을 읽고 나니, 그 시대에는 사람들이 참혹한 일들을 많이 겪었다는 사실을 느끼게 됐어요.

서연 : 맞아요. 저도 우리나라의 근대사가 참 파란만장하고 비극적이었구나 하는 생각이 새삼 들어요. 아버지와 아들이 두 차례의 전쟁에서 대를 이어 팔과 다리를 잃게 되었다는 이야기는 너무 끔찍하고 슬프잖아요?

선생님 : 그래, 이 소설이 우리 민족의 비극적인 역사 체험을 다루고 있는 만큼, 그런 생각이 드는 게 당연하지.

태환 : 네, 그런데 한편으로는 역사 시간에 배워 대강은 알고 있지만, 그 시대 일은 실감도 안 나고 자세히는 모르겠어요.

선생님 : 100년도 안 된 일이지만, 지금하고는 시대 상황이 너무 다르니까 그럴 만도 하겠지. 무슨 이야기부터 할까?

태환 : 먼저, 작품에서 아버지 '박만도'가 징용에 끌려간 일에 대해 좀 더 상세하게 이야기해 주세요.

선생님 : 징용이 뭔지는 알지?

태환 : 그럼요, 전쟁과 같은 비상사태에 국가가 국민을 동원해 일을 시키는 걸 말하는데, 여기서는 일제가 조선 사람을 강제로 끌고 가

일을 시킨 걸 가리켜요. 그런데 그가 끌려간 곳은 어디고 어떤 전쟁에 동원된 거예요?

선생님 : 작품을 보면, '바다에 떠 있는 섬이고, 숨 막히는 더위와 잠자리만 한 모기떼에 시달렸다'고 묘사되어 있지? 그러니 남양 군도로 불렸던, 태평양의 적도 부근에 있던 섬들 가운데 한 곳이라고 봐야지. 그곳에서 비행장과 동굴을 만드는 노역에 시달리다 공습으로 팔을 잃은 거지.

태환 : 그럼 '태평양 전쟁'에 동원된 거네요?

선생님 : 그래 맞아.

서연 : 저는 '대동아 전쟁'이란 말을 들었는데, 다른 전쟁인가요?

선생님 : 같은 전쟁을 가리키는데, '대동아 전쟁'이란 일본에서 사용한 명칭이어서 지금은 잘 사용하지 않는단다.

서연 : 네, 그렇군요! 그런데 그때 일제는 우리나라 사람들을 왜 그렇게 끌고 갔어요? 물론 전쟁에 필요해서였겠지만, 좀 더 자세히 알려주세요.

선생님 : 일제는 1937년 중일 전쟁을 일으켜 대륙을 침략하고는, 이듬해 '국가 총동원령'을 내려 부족한 전쟁 물자와 병력, 노동력 등을 동원하기 시작했어. 국가 총동원령이란 한마디로 전쟁을 위해 국민과 그 재산을 강제로 동원할 수 있다는 전시 체제의 법령이지.

이를 근거로 일제는 조선 사람들의 재산을 수탈하고 군인과 노동자로 끌고 가서 전쟁에 이용한 거야. 1941년 태평양 전쟁까지 벌인 후에는 물자와 인력이 더욱 부족해져 1945년 패망할 때까지 수탈과 강제 동원은 극에 달했단다.

서연 : 위안부 할머니들도 그 무렵 끌려가신 거죠?

선생님 : 그래, 맞아. 당시 징발된 조선 사람의 수는 100만 명이 훨씬 넘는다고 하는구나. 그렇게 끌려가서는 주로 탄광이나 토목 공사장에서 혹사당해 부상을 당하거나 죽는 이들도 많았어. 또 전쟁이 끝난 후 '만도'처럼 돌아온 이들도 있지만, 그냥 그곳에 남겨져 조국으로 돌아오지 못한 사람들도 많았단다.

서연 : 정말 너무했어요. 그러고도 지금까지 사과도 제대로 안 하고 발뺌만 하려 드니…….

선생님 : 그래서 일본과는 아직도 앙금이 많이 남아 있는 거고, 가깝고도 먼 이웃이라고 하지 않니?

서연 : 어쨌든 위안부 할머니들도 그렇고, 당시 징용에 끌려갔던 분들이 겪었을 고통은 상상하기도 힘드네요.

태환 : 선생님, 이번에는 아들 '진수' 이야기도 해 주세요. 진수는 한국 전쟁에 군인으로 참전했다가 다친 거지요?

선생님 : 그래 맞아. 아버지 만도가 자신이 징용에 갔던 기억을 회상하며 '십이삼 년 옛날의 이야기'라고 했으니, 시기적으로 1950년에 일어났던 한국 전쟁 때가 틀림없지.

서연 : 그때 수많은 사람들이 죽고 막대한 피해를 입었다는 사실은 알고 있어요. 구체적으로 어느 정도였나요?

선생님 : 한국 전쟁은 인명 피해가 엄청나게 컸던 전쟁이었어. 당시 정확

한 통계 조사가 이루어지지 않아 연구자마다 조금씩 다르긴 하지만, 국군만 해도 전사 14만여 명, 부상 70만여 명, 실종 13만여 명 정도였다고 해. 민간인을 포함한 남북한 전체의 인명 손실이 520만 명 선인 것으로 파악되고 있어. 당시 인구가 3,000만 명 정도였으니까 전체 인구의 1/6이 죽거나 다친 셈이지.

서연 : 정말 많은 사람들이 죽거나 다쳤군요.

선생님 : 그래, 특히 민간인 희생자가 컸다고 해. 당시 유엔군 사령관이었던 맥아더 장군조차 '평생을 전장에서 보낸 본관과 같은 군인에게조차 이런 비참함은 처음이어서 무수한 시체를 보았을 때 구토를 하고 말았다.'고 고백한 바 있단다.

태환 : 그 정도로 끔찍했던 줄은 몰랐어요. 당시 희생당했던 사람들 대부분이 전쟁의 이유나 목적도 몰랐을 텐데요.

선생님 : 그래, 작가가 이 작품을 통해 이야기하고 싶었던 것이 바로 그런 힘없고 평범한 사람들의 희생과 고통이었지.

서연 : 네, 알겠습니다. 오늘도 좋은 말씀, 감사합니다!

태환 : 네, 저도 잘 들었습니다.

한국 전쟁의 상처와
극복 의지

하근찬 「흰 종이수염」 / 황순원 「학」

한국 전쟁이 안겨준 상처와 갈등, 그리고 이를 극복하려는
의지를 형상화한 작품들이다. 헌신적인 가족애와 순수한 인간애가
절망과 비극을 이겨내는 근원적인 힘으로 제시되고 있다.

흰 종이수염

하근찬 (1931~2007)

작품 해설

　이 작품은 한국 전쟁에서 상처를 입고 시련을 겪는 한 가족의 이야기를 초등학생의 모습을 중심으로 형상화한 단편이다.

　'동길'이는 사친회비를 내지 못해 학교에서 쫓겨난다. 아버지가 징용을 나가 집에 돈이 없는 탓이다. 다행히도 그날 아버지가 집으로 돌아오신다. 하지만 기쁜 마음도 잠시, 잠든 아버지를 들여다보던 동길은 깜짝 놀라고 만다. 아버지의 팔 하나가 없어진 것이다.

　사친회비를 곧 장만해 주겠다는 아버지의 말씀을 따라 동길이는 다시 학교에 나간다. 이튿날 하굣길에 동길이는 광대 차림으로 극장의 광고판을 메고 영화를 보라고 외치는 사람을 보고 신기해 하며 따라가지만, 곧 그가 아버지임을 알아차리고 충격을 받는다.

　이때 '창식'이가 아버지의 분장용 흰 종이수염을 나무 꼬챙이로 건드리며 놀린다. 이 광경을 본 동길은 달려들어 창식을 마구 때린다. 아버지는 광고판을 벗어던지고 하나 남은 팔을 내저으며 동길을 말린다.

　이 같은 내용은 농촌의 한 마을을 배경으로 참혹한 전쟁에 의해 장애인이 된 인물과 그 가족이 겪는 고난을 다루는 것이다. 작가는 이 이야기를 아들 동길이에게 초점을 맞춰 펼쳐 보인다. 아직은 어린 초등학생 아들의 갈등과 심리를 세밀하게 묘사함으로써, 아버지가 전쟁에 휘말려 팔을 잃은 사건이 한 가족에게 어떤 영향을 미치는지 실감 나게 형상화한 것이다.

처음 학교에서 쫓겨날 때만 해도 동길이는 기죽지 않았다. 아버지가 돌아오기만 하면 해결될 것으로 믿었기 때문이다. 하지만 아버지는 오른 팔을 잃은 채로 돌아온다. 목수였던 아버지에게 그건 치명적인 일이었다. 동길이는 그런 아버지가 슬그머니 무서워지기도 하고, 친구들 앞에서 의기소침해지기도 한다.

하지만 결말 부분에서 아버지를 놀리는 창식이를 때려눕히는 장면은 동길이가 아버지에 대한 애정과 믿음을 잃지 않았음을 보여 준다. 앞서 팔을 잃고 돌아와 괴로워하다가도 가족의 생계와 아들의 교육을 위해 광대 분장으로 극장 광고판을 메고 나서는 아버지의 모습 역시 가족에 대한 사랑과 책임감을 보여 주는 것이었다.

이러한 이야기는 전쟁의 상처가 절망적이지만, 주인공 가족이 이를 극복해 나갈 것이라는 생각을 들게 한다. 장애인이 되어서도 가족을 위해 어떻게든 생활을 꾸려가려는 아버지와 그런 아버지를 사랑하는 아들의 모습이 감동과 희망을 주기 때문이다.

이는 전쟁의 비극성과 극복 의지를 동시에 담아내려는 작가의 주제 의식을 알 수 있게 하는 대목이다. 작품 전반에 걸쳐 특정 지방의 사투리를 적극적으로 활용하여, 이야기의 사실성과 현장감을 높이고 있는 작가 특유의 문체가 이런 주제 의식을 효과적으로 형상화하고 있다.

흰 종이수염

1

아버지가 돌아오던 날 동길이는 학교에서 공부를 하지 못하고 쫓겨났다. 다른 다섯 명의 아이와 함께였다.

아이들은 모두 풀이 죽어 있었다. 어떤 아이는 시퍼런 코가 입으로 흘러드는 것도 아랑곳없이 눈만 대고 깜작거렸고, 입술이 파랗게 질린 아이도 있었다. 여생도1 둘은 찔끔찔끔 눈물을 짜내고 있었다. 축 처진 조그마한 어깨들이 볼수록 측은했다.

그러나 동길이만은 그렇지가 않았다. 그는 두 주먹을 불끈 쥐고 있었다. 양쪽 볼에는 발칵 불만을 빼물고 있었고, 수박씨만 한 두 눈은 차갑게 반짝거렸다.

'울 엄마 일하는데 어떻게 학교에 오는공. 울 아부지 인제는 돈 많이 벌어 갖고 돌아오면 다 줄낀데, 자꾸 지랄같이……'

동길이는 담임 선생의 처사2가 도무지 못마땅하여 속으로 또 한 번 눈을 흘겼다.

쫓겨 나온 교실이 마음에 있다거나 선생님의 교탁 안으로 들어간 책

---

1 여생도 : 일제 강점기에 초중고교를 다니던 여자 학생을 이르던 말
2 처사 : 일 처리

보3가 걱정이 된다거나 해서가 아니었다. 그런 알량한4 몇 권의 헌 책 나부랭이, 혹은 사친회비5를 못 내고 덤으로 앉아서 얻어 배우는 치사스 러운 공부 같은 것, 차라리 시원했다. 집으로 돌아가서 돈을 가져오라는 호령 따위도 이미 면역이 된 지 오래여서 시들했다. 그러나 돈을 못 가 지고 오겠거든 아버지나 어머니를 데려오라는 데는 딱 질색이었다. 전에 없던 일이었다.

"사람이면 염치가 좀 있어야지. 이건 한두 달도 아니고, 이놈아! 너는 사, 오, 육, 칠, 넉 달 치나 밀렸잖아. 이학년 올라와서 어디 한 번이나 낸 일 있나? 지금 당장 가서 가져오든지 그러잖음 아버질 데려와!"

냅다 고함을 지르는 바람에 간이 덜렁했으나 동길이는 또렷한 목소 리로,

"아부지 집에 없심더."

했다.

"어디 가고 없노?"

"노무자6 나갔심더."

"……."

---

3 책보 : 책을 싸는 보자기
4 알량하다 : 시시하고 보잘것없다.
5 사친회비 : 사친회의 운영을 위하여 학부모들이 내는 돈. 사친회는 학교 교육에 도움을 주기 위하여 교 사와 학부형으로 이루어진 모임을 말한다.
6 노무자 : 원래는 육체노동을 하여 그 임금으로 살아가는 사람인 노동자를 뜻하지만, 여기서는 전쟁터에 일꾼으로 징용되어 나간 사람을 가리키고 있다.

징용[7]에 나갔다는 말을 듣자 선생은 잠시 말이 없다가,

"그럼, 어머니라도 데려와."

했다.

목소리가 꽤 누그러졌으나, 매정스럽기는 매양 한가지였다.

"안 데려옴 넌 여름방학 없다. 알겠나?"

"……."

동길이는 대꾸를 하지 않았다. 입을 꼭 다물고 양쪽 볼에 발칵 힘을 주었다. 그리하여 다른 다섯 아이와 함께 책보는 말하자면 차압[8]을 당하고 교실을 쫓겨났던 것이다.

아이들은 땅바닥을 내려다보며 힘없이 운동장을 걸어 나갔다. 여생도 둘은 유난히 단발머리를 떨어뜨리고 걸었다. 목덜미가 따갑도록 햇볕이 쏟아져 내렸다. 맨 앞장을 서서 가던 동길이는 발끝에 돌멩이 하나가 부딪치자 그만 그것을 사정없이 걷어차 버렸다. 마치 무슨 분풀이라도 하는 듯이…… 발가락 끝에 불이 화끈했으나 그는 어금니를 꽉 지레[9] 물고 아무렇지도 않은 체했다.

킥! 하고 한 아이가 웃음을 터뜨리자 다른 아이들도 따라서 낄낄 웃었

---

7 징용 : 전쟁과 같은 비상사태에 국가가 국민을 강제적으로 동원하여 일을 시키는 것을 말한다. 여기서는 한국 전쟁 때 민간인에게 전쟁과 관련된 일을 시킨 것을 가리킨다.

8 차압 : 압류. 빚을 진 사람의 어떤 재산에 대해 마음대로 처분할 권리가 제한되는 강제 집행을 가리킨다. 압류가 이루어진 재산의 처분권은 국가에 이전된다.

9 지레 : 어떤 일이 일어나기 전 또는 어떤 기회나 때가 무르익기 전에 미리.

다. 어쩐지 모두 속이 시원했던 것이다.

그러나 누가 먼저 뒤를 돌아보았는지 모른다. 웃음은 일제히 뚝 그치고 말았다. 그들을 쫓아낸 얼굴이 창문 밖으로 이쪽을 내다보고 있었던 것이다. 여섯 개의 가느다란 모가지가 도로 움츠러들지 않을 수 없었다.

교문을 나서자 아이들은 움츠렸던 목을 쑥 뽑아 들고 다시 교실 쪽을 돌아보았다. 이제 선생님의 얼굴은 보이지 않고, 장단을 맞추어 구구를 외는 소리만이 우렁우렁 창밖으로 울려 나왔다.

사아이는 팔, 사아삼 십이, 사아사 십육……

동길이는 별안간 무슨 생각이 났는지 오른쪽 주먹을 왼쪽 손아귀로 가져가더니 그만 힘껏 안으로 밀어 내며,

"요놈 먹어라!"

하는 것이었다. 감자를 한 개 내질러 준 것이다. 그리고 후닥닥 몸을 날렸다. 뺑소니를 치면서도 냅다,

"사오 이십, 사륙은 이십사, 사칠은 이십팔……."

하고 고함을 질러 댔다.

다른 아이들도 와아 환호성을 올리며 덩달아 사방으로 흩어져 갔다. 군용 트럭이 한 대 뿌연 먼지를 날리며 달려오고 있었다.

2

"오오이는 십, 오오삼 십오, 오오사 이십……."

동길이는 중얼중얼 구구를 외면서 신작로를 걸었다. 이마에 맺힌 땀이

뺨을 타고 까만 목줄기로 흘러내렸다.

"아아, 덥다"

동길이는 손등으로 아무렇게나 땀줄기를 훔쳤다.

읍 들머리10에 냇물이 흐르고 있었다. 물 밑에 깔린 자갈들이 손에 잡힐 듯 귀물스럽게11 떠올라 보이는 맑은 시내였다. 그 위로 인도교12와 철교13가 나란히 지나가고 있었다.

다리에 이르자 동길이는 아래를 내려다보았다.

"히야, 용돌이 짜식, 벌써 멱감고14 있대이. 학교는 그만두고 짜식 참 좋겠다."

그리고 쪼르르 강둑을 굴러 내려갔다.

동길이를 보자 용돌은 물속에서 배꼽을 내밀며,

"동길아! 임마 니 핵교는 안 가고, 히히히……."

웃어댄다.

"갔다 왔어, 짜식아."

"무슨 놈의 핵교를 그렇게 빨리 갔다 오노?"

"돈 안 가져왔다고 안 쫓아내나."

---

10 들머리 : 들어가는 맨 첫머리
11 귀물스럽다 : 귀중한 물건인 듯하다.
12 인도교 : 사람이나 자동차가 다니도록 놓은 다리
13 철교 : 철도교. 기차가 다닐 수 있도록 선로가 부설되어 있는 다리
14 멱감다 : 냇물이나 강물 등에 들어가 몸을 씻거나 놀다.

"뭐, 돈?"

"그래, 사친회비 안 냈다고 집에 가서 어무니를 데려오라 안 카나."

"지랄이다. 지랄. 그런 놈의 핵교 뭐 할라꼬 댕기노. 나같이 때리챠 버리라구마."

"그렇지만 임마 학교 안 댕기면 높은 사람 못 된다. 아나?"

"개똥이다 캐라. 흐흐흐……."

그리고 용돌이는 개구리처럼 가볍게 물속으로 잠겨 버린다. 동길이는 물기슭에 서서 때에 절은 러닝셔츠15와 삼베 바지를 홀랑 벗어던졌다.

이때,

"쫴애액!"

기적 소리도 요란하게 철교 위로 기차가 달려들었다. 북쪽에서 내려오는 기차였다. 동길이는 까만 고추를 달랑거리며 후닥닥 철교 쪽으로 뛰었다. 용돌이란 놈도 물에서 뿔뿔 기어 나왔다.

커더덩커더덩…… 철교가 요란하게 울리고, 그 위로 시꺼먼 기차가 바람을 일으키며 신나게 달려간다. 차창마다 사람들이 이쪽을 내려다보고 있었다. 어떤 창구에는 철모를 쓴 국군 아저씨가 담배 연기를 푸우 내뿜고 있는 것이 보인다. 동길이는 저도 모르게 두 손을 번쩍 쳐들었다.

"만세이!"

그리고 용돌이를 돌아보았다. 용돌이란 놈은 까닭도 없이 대고 주먹으

---

15 러닝셔츠 : 운동 경기할 때 선수들이 입는 소매 없는 셔츠. 또는 그런 모양의 속옷

로 감자를 내지르고 있다. 고약한 놈이다.

동길이는 웬일인지 기차만 보면 좋았다.

'울 아부지도 저런 차를 타고 척 돌아올 끼라. 울 아부지 빨리 돌아왔으면 좋겠다.'

사라져 가는 기차 꽁무니를 바라보며 동길이는 잠시 노무자로 나간 아버지 생각에 가슴이 뻐근했다. 그러나 얼른,

"용돌아 임마, 내기 할래?"

고함을 지르면서 후닥닥 몸을 날렸다. 풍덩! 물소리와 함께 까만 몸뚱어리가 미끄러이 물속으로 자맥질16해 들어갔다. 용돌이도 뒤따라 풍덩! 물 밑으로 잠긴다.

물고기들 부럽잖게 얼마나 놀았는지 모른다. 뚜우 하고 정오를 알리는 사이렌 소리가 울려 왔을 때에야 동길은 물에서 나왔다. 배가 홀쭉했다. 주섬주섬 옷가지를 주워 걸치며,

"짜식아, 그만 안 갈래?"

용돌이는 돌아보았다. 용돌이란 놈은 무슨 물고기 삼신17인 듯 아직도 나올 생각을 않고 풍덩거리며 벌쭉벌쭉 웃고만 있다.

"배 안 고프나?"

---

16 자맥질 : 물속에 들어가 팔다리를 놀려 떴다 잠겼다 하는 짓
17 삼신 : 아기를 점지하여 태아를 기르고, 순조롭게 아이를 낳게하여 잘 자라도록 보살피는 신령. 여기서 '무슨 물고기 삼신인 듯'이란 말은 마치 '물고기로 태어났어야 할 존재인 듯' 정도의 의미로 해석된다.

"배사 고프다. 그렇지만 임마, 집에 가야 밥이 있어야지. 너거 집엔 오늘 점심 있나?"

"몰라, 있을 끼다."

"정말이가?"

"짜식아, 있으면 니 줄까 봐."

그리고 동길이는 타박타박 자갈밭을 걸었다.

다리를 지날 때 후끈한 바람결에 난데없이 노랫소리가 흘러왔다. 극장에서 울려 나오는 스피커 소리였다.

이 무더운 대낮에 누가 극장엘 가는지 모르지만 그래도 사람을 끌어 모으려고, 아리랑 시리랑…… 하고 악을 써 쌓는다.

그러나 동길이는 배가 고파서 그런 건 도무지 흥이 나질 않았다. 오늘따라 왜 이렇게 시장기가 치미는지 알 수 없었다. 너무 오래 멱을 감은 탓일까? 타박타박 옮기는 걸음이 자꾸 무거워만 갔다.

3

집 사립문 앞에 이르자 동길이는 흠칫 그 자리에 멈추어 섰다. 마루에 벌렁 드러누워 있는 사람이 있었던 것이다.

어머니도 아니었다. 남자였다.

동길이는 조심조심 사립 안으로 걸어 들어갔다. 어머니는 부엌문 앞에서 무엇을 북북 치대고 있었다. 인기척에 후딱 뒤를 돌아본 어머니는 마루에 누워 있는 사람을 눈으로 가리켰다. 어머니의 두 눈에는 슬픈 빛이 서려 있었다.

동길이는 어찌 된 영문인지 알 수가 없었다. 그러나 마루에 누워 있는 사람이 누구라는 것을 알아챘다.

"아부지!"

동길이는 얼른 누워 있는 아버지 곁으로 가까이 갔다. 아버지는 자고 있었다. 그러나 동길은 아버지를 향해 꾸뻑 절을 했다.

'아까 그 기차를 타고 오신 모양이지. 헤 참, 그런 줄 알았으면 얼른 집에 올 걸 갖다가 야…….'

꼬박 이 년 만에 돌아온 아버지…… 동길이는 조심히 아버지의 얼굴을 들여다보았다. 꺼뭏게 탄 얼굴에 움푹 꺼져 들어간 두 눈자위, 그리고 코밑이랑 턱에는 수염이 지저분했다. 목덜미로 식은땀이 흐르고 있었고, 입 언저리에는 파리 떼가 바글바글 엉켜 붙어 있었다. 그러나 아버지는 그런 줄도 모르고 푸푸 코를 불면서 자고만 있었다. 동길이는 파리란 놈들을 쫓았다.

어머니는 조심스러운 눈길로 동길이를 힐끗 돌아본다. 집에 와서 갈아 입었는지 아버지의 입성18은 깨끗했다. 징용에 나가기 전, 목공소에 다닐 때 입던 누런 작업복 하의에 삼베 셔츠…… 그런데,

"에!"

이게 웬일일까?

동길이는 두 눈이 휘둥그레지고, 입이 딱 벌어졌다.

----

18 입성 : '옷'을 속되게 이르는 말

그러나 어머니는 동길의 놀라는 모습을 돌아보지 않고 후유 한숨을 쉴 따름이었다. 동길이는 떨리는 손으로 한쪽 소맷부리를 들추어 보았다.

없다. 분명히 없다.

동길이는 어머니를 향해 소리쳤다.

"어무이! 아부지 팔 하나 없다."

"……."

"팔 하나 없어. 팔!"

"……."

"잉?"

"……."

말없이 돌아보는 어머니의 두 눈에는 눈물이 흥건히 괴어 있었다.

동길이는 아버지가 슬그머니 무서워지는 것이었다.

어머니 곁으로 가서 부엌문에 붙어 서서도 곧장 아버지의 한쪽 소맷자락을 힐끗힐끗 건너다보았다.

어머니는 또 한 번 후유 한숨을 쉬면서 함지박19을 들고 부엌으로 들어갔다. 밀가루 수제비를 뜨는 것이었다.

어머니의 손끝에서 똑똑 떨어져서 부글부글 끓어 오르는 물 속으로 들어가는 수제비를 바라보자 동길이는 배에서 꼬르르 소리가 났다. 꿀꺽

---

19 함지박 : 통나무의 속을 파서 큰 바가지같이 만든 그릇

침을 삼켰다. 아버지의 팔뚝 생각 같은 것은 이미 없었다.

수제비를 떠서 두 그릇 상에 받쳐 들고 어머니가 부엌을 나오자 동길이는 앞질러 마루로 올라갔다. 아버지는 아직 쿨쿨 자고 있었다. 아버지의 한쪽 소맷자락이 눈에 띄자 동길이는 다시 흠칫했다.

"보이소 예! 그만 일어나이소. 점심 가져왔구마."

어머니가 흔들어 깨우는 바람에 아버지는,

"으으윽."

한 개밖에 없는 팔을 내뻗어 기지개를 켜며 부스스 일어났다. 동길이는 저도 모르게 뒤로 한 걸음 물러섰다. 그리고 얼른 아버지를 향해 절을 하기는 했으나 겁을 집어먹은 듯이 둥그레졌다. 아버지는 동길이를 보더니,

"으으…… 핵교 잘 댕기나? 어무이 말 잘 듣고?"

그리고 아아윽! 커다랗게 하품이었다.

점심상을 가운데 놓고 아버지와 동길이가 마주앉았다. 그 곁에 어머니는 뚝배기를 마룻바닥에 놓고 앉았다.

몰씬몰씬 김이 오르는 수제비죽…… 동길이는 목젖이 튀어 나오는 것 같았다. 후딱 숟가락을 들었다. 그리고 그 뜨끈뜨끈한 놈을 푹 한 숟갈 떠올리기가 무섭게 아가리를 짝 벌렸다. 아버지도 숟가락을 들었다. 왼쪽 손이었다. 없어진 팔이 하필 오른쪽이었던 것이다. 어머니는 그것을 보자 이마에 슬픈 주름을 잡으며 얼른 외면을 했다. 그러나 동길이는 수제비를 퍼올리기에 바빠서 아버지의 남은 손이 왼손인지 오른손인지 그런 덴 도무지 관심이 없는 듯했다.

돼지 새끼처럼 한참을 그렇게 퍼먹고 나서야 좀 숨을 돌리는 듯 동길이는 힐끗 아버지를 거들떠보았다. 아버지의 숟가락질은 도무지 서툴기만 했다.

'아부지 팔이 하나 없어져서 참 큰일났제. 저런! 오른쪽 팔이 없어졌구나. 우짜다가 저랬는고이?'

그리고 동길이는 남은 국물을 훌훌 마저 들이마셨다. 콧등에 맺힌 땀방울이 또르르 굴러 내린다.

"아아."

이제 좀 살겠다는 것이다.

4

이튿날 아침,

"동길아, 학교 가자아"

사립문 밖에서 부르는 소리가 났다. 이웃에 사는 창식이었다.

"동길아, 학교 안 갈래?"

동길이는 가만히 마루로 나와 신을 찾았다.

이때, 뒷간에서 나온 동길이 아버지가 한 손으로 을씨년스럽게 고의춤20을 여미면서,

"누구냐? 이리 들어와서 같이 가거라."

---

20 고의춤 : 남성용 여름 홑바지의 허리 부분을 접어서 여민 사이

했다.

창식이 들어섰다. 창식이는 동길이 아버지를 보자 냉큼 허리를 꺾었다. 그리고 동길이 아버지의 팔뚝이 없는 소맷자락으로 눈이 가자 희한한 것이라도 발견한 듯 두 눈이 번쩍 빛났다.

동길이는 신을 신고 조심조심 마당으로 내려섰다.

아버지는 동길이를 보고,

"길아! 니 책보 우쨌노?"

"……."

동길이는 얼른 대답이 나오질 않았다. 마치 저에게 무슨 잘못이라도 있는 것처럼…….

"응? 책보 우쨌어?"

그러자 옆에서 창식이란 놈이 가벼운 조동아리를 내밀었다.

"빼앗깄심더."

"빼앗기다니, 누구한테?"

"선생님한테예."

"뭐 선생님한테?"

"예."

"와?"

"사친회비 안 낸 아이들은 다 빼앗고 집에 쫓았심더. 사친회비 안 가져온 사람은 방학도 없답니더."

"……."

동길이 아버지는 입술이 파랗게 굳어져 갔다.

"아부지."

동길이가 입을 떼었다.

"아부지, 나 학교 안 당길랍니더."

"뭐?"

"때리챠 버릴랍니더."

"음."

아버지의 입에서는 무거운 신음 소리가 새어 나왔다. 그리고 왈칵 성이 복받치는 듯,

"까불지 말고 빨리 갓!"

하고 고함을 질렀다. 부엌에서 설거지를 하고 있던 어머니가 눈을 휘둥그레 가지고 바라본다.

동길이와 창식이는 어깨를 나란히 하고 걸었다. 다리를 건너면서 창식이가,

"동길아, 느그 아부지 팔 하나 없어졌제?"

했다.

"……."

"노무자로 나가서 그랬제?"

"……."

"팔이 하나 없어져서 어떻게 목수질하노? 인제 못 하제, 그제"

"몰라! 이 짜식아."

동길은 발끈해졌다. 눈꺼풀이 파르르 떨렸다. 곧 한 대 올려붙일 기세였다.

창식이는 겁을 집어먹고 한 걸음 떨어져 섰다. 그리고 두 눈을 대고 껌뻑거렸다.

창식이는 내빼듯이 똑바로 학교로 갔으나, 동길이는 다리를 건너자 강둑을 굴러 내려갔다.

용돌이가 아직 보이지 않았으나, 그런대로 동길이는 옷을 벗었다.

대낮이 가까워졌을 무렵, 동길이는 아이들이 떠들어 대는 소리를 듣고 다리 위를 쳐다보았다.

"외팔뚝이이."

"하나, 둘, 셋"

"외팔뚝이이."

다리 난간에 붙어 서서 이쪽을 내려다보며 소리를 모아 고함을 질러 대는 아이들은 틀림없는 자기 학급 아이들이었다. 동길이는 귀뿌리를 한 대 얻어맞은 듯 했다. 동길이가 쳐다보자 이번엔 한 놈씩 차례로 고함을 질러 나간다.

"똥길이 즈그 아부지 외팔뚝이이."

"외팔뚝이 새끼 모욕하네에."

"학교는 안 오고 모욕만 하네."

맨 마지막으로,

"외팔뚝이 오늘 학교 왔더라아."

하는 소리는 어딘지 모르게 속으로 기어 들어가는 소리였다. 그리고 살금 아이들 뒤로 숨어 버리는 것이 아닌가. 창식이란 놈이 틀림없었다.

동길이는 온몸에 쥐가 나는 듯 했다. 치가 떨렸다. 부리나케 밖으로 헤

엄쳐 나온 그는 후닥닥 돌멩이를 집어 들었다. 돌멩이는 다리 난간을 향해서 핑핑 날았다. 그러나 한 개도 거기까지 가서 닿지는 않았다.

다리 위에서는 와아 환호성을 올리며 좋아라 하고 웃어 댄다. 그리고 어떤 놈이 뱉었는지 침이 날아왔다.

약이 오를 대로 오른 동길이는 두 손에 돌멩이를 발끈 쥐고 그냥 막 자갈밭을 내달았다. 강둑을 뛰어 올라 다리를 향해 마구 달리는 것이었다. 빨간 알몸뚱이가 마치 다람쥐 같았다.

욕지거리를 퍼부어 쌓던 아이들은 큰 소리로 웃어 대면서 우르르 도망을 친다. 도저히 따를 만한 거리가 아니었다. 그러나 동길이는 손에 쥔 돌멩이를 힘껏 내던졌다.

분해서 견딜 수가 없었다.

"짜식들, 어디 두고 보자. 창식이 요놈 새끼, 죽여 버릴 끼다. 요놈 새끼……."

5

그날 저녁 동길이는 아버지에게 되게 꾸지람을 들었다. 아버지는 어디에서 술을 마셨는지 얼굴이 벌겋게 익어 가지고 비칠비칠 사립문을 들어서더니 대뜸,

"길이 이놈 어디 갔노. 응?"

하고 소리를 질렀다. 손에 웬 책보 하나와 흰 종이를 포개 쥐고 있었다.

마루에서 저녁을 먹고 있던 동길이와 어머니는 눈이 둥그레졌다.

"아, 이놈 여깄구나. 니 오늘 어딜 갔더노? 핵교 안 가고, 어딜 싸돌아

댕깄노? 응?"

마루에 올라와 덜커덩 엉덩방아를 찧으며 눈알을 부라렸다.

"아이구, 어디서 저렇게 술을······."

어머니는 혼잣말처럼 중얼거리며 밥상을 가지러 일어선다.

"야. 오늘 김 주사[21]가 한턱내더라. 우리 목공소 주인 김 주사가 말이지. 징용 나가서 고생 많이 했다고 한턱내더라니까. 고생 많이 했다고······ 팔뚝을 하나 나라에 바쳤다고······ <u>으흐흐흐흐</u>······."

그리고는 또,

"이놈 너 오늘 와 핵교 안 갔노? 응? 돈이 없어서 안 갔나? 응? 응? 이 못난 자식아! 뭐 핵교를 안 댕기겠다고?"

하고 마구 퍼부어 댄다.

"이놈아, 오늘 내가 핵교에 갔다. 핵교에 갔어. 너거 선생 만나서 다 얘기했다. 이 봐라, 이놈아! 내 팔이 하나 안 없어졌나. 이것을 내 보이면서 다 얘기하니까 너거 선생 오히려 미안해서 죽을라 카더라, 죽을라 캐. 봐라 이렇게 책보도 안 받아 왔는강."

아버지는 책보를 동길이 앞에 불쑥 내밀었다. 동길이는 책보와 흰 종이를 한꺼번에 받아 안으며 모가지를 움츠렸다.

"이놈아 아부지가 징용에 나갔다고 선생님한테 와 말을 못 하노. 아부지가 돌아오면 다 갖다 바치겠다고 와 말을 못 하노 말이다. 입은 뒀다

166

가 뭐 할라카는고?"

"아부지 노무자 나갔다고 캤심더."

동길이는 약간 보로통해졌다.

"뭐, 이놈아? 니가 똑똑하게 말을 못 했으니까 그렇지. 병신 자식 같으니……."

어머니가 밥상을 들고 와서 아버지 앞에 놓으며,

"자아, 그만하고 어서 저녁이나 드이소."

했다. 아버지는 숟가락을 들었다. 그러나 밥을 떠 올릴 생각은 않고 연방 떠들어 댄다.

"내가 비록 이렇게 팔이 하나 없어지긴 했지만, 이놈아 니 사친회비하나를 못 댈 줄 아나? 지금까지 밀린 것 모두 며칠 안으로 장만해 준다. 방학할 때까진 어떠한 일이 있어도 장만해 준단 말이다. 오늘 너거 선생한테도 그렇게 약속했다. 문제없단 말이다. 애비의 이 맘을 알고 니가 더 열심히 핵교에 댕기야지, 나 핵교 때리챠 버릴랍니더가 다 뭐꼬? 이눔의 자식, 그기 말이라고 하는 기가?"

동길이는 그만 울먹울먹해졌다. 그러나 한사코 눈물을 흘리지는 않았다.

아버지는 밥을 몇 숟갈 입에 떠 넣다가 별안간 또 무슨 생각이 났는지 이번에는 어머니에게,

"이봐, 나 오늘 취직했어. 취직. 손이 하나 없으니까 목수질은 못하지만 그래도 다 씌어먹을 데가 있단 말이여. 씌어먹을 데가…."

정말이지 거짓부렁인지 알 수 없는 소리를 대고 주워섬긴다.

"아니, 참말로 카능교 부로22 카능교"

"허, 부로 카긴 와 부로 캐. 내가 언제 거짓말하더나."

"……."

"극장에 취직이 됐어. 극장에……."

"뭐 극장에요?"

"그래, 와, 나는 극장에 취직하면 안 될 사람이가? 그것도 다 김 주사, 우리 오야붕23 덕택이란 말이여. 팔뚝을 한 개 나라에 바친 그 덕택이란 말이여. 으흐흐흐…… 내일 나갈 적에 종이로 쉬염을 만들어 갖고 가야 돼. 바로 이 종이가 쉬염 만들 종이 앙이가."

동길이가 책보와 함께 받아 가지고 있는 흰 종이를 숟가락으로 가리켰다.

때마침 저녁 손님을 부르는 극장의 스피커 소리가 우렁우렁 울려 왔다.

"을씨구, 저 봐라. 우리 극장 선전이다. 이래 봬도 나도 내일부턴 극장 직원이란 말이여. 직원 으흐흐……."

그러고는 벌떡 일어서서 흘러오는 스피커의 노랫소리에 맞추어 우쭐우쭐 춤을 추기 시작했다. 하나밖에 없는 팔을 대고 내저으며 제법 궁둥이까지 흔들어 댄다. 꼴불견이다. 동길이는 낄낄낄 웃었다. 그러나 어머니는 이맛살을 찌푸리며,

"아이구, 무슨 놈의 술을 저렇게도 마셨노. 쯧쯧쯧……."

---

22 부로 : '부러'의 방언. 실없이 거짓으로.

23 오야붕 : '두목'의 잘못된 표현. 어떤 집단의 우두머리를 뜻하는 일본어에서 온 말이다.

혀를 찼다.

아리아리랑 시리시리랑…… 하고 돌아 쌓던 아버지는 그만 방 아랫목24에 가서 벌떡 드러누우며,

"아으흐"

하고 괴로운 소리를 질렀다.

"밥 그만 잡숫능교?"

어머니가 묻자,

"안 먹을란다."

했다.

그리고 잠시 후 아버지는 훌쭉훌쭉 느끼기25 시작하는 것이었다. 두 눈에서 솟구친 눈물이 양쪽 귓전26으로 추적추적 걷잡을 수 없이 흘러내렸다. 동길이는 도무지 어찌 된 영문인지 알 수가 없었다. 그러면서도 덩달아 코끝이 매워 왔다.

6

부엌에서 달그락거리는 소리에 동길이는 눈을 떴다. 어느새 아버지는 일어나서 윗목27에 쭈그리고 앉아 뭣을 열심히 만지작거리고 있었다.

---

24 아랫목 : 온돌방에서 아궁이 가까운 쪽의 방바닥

25 느끼다 : 서럽거나 감격에 겨워 울다.

26 귓전 : 귓바퀴의 가장자리

27 윗목 : 온돌방에서 아궁이로부터 먼 쪽의 방바닥. 불길이 잘 닿지 않아 아랫목보다 차갑다.

동길이는 발딱 몸을 일으켰다. 모기에 물려 부르튼 자리를 득득 긁으면서 아버지 곁으로 다가갔다.

아버지는 가위질을 하고 있었다. 두 발로 종이를 밟고, 왼쪽 손에 든 가위로 을씨년스럽게28 그것을 오리고 있는 것이었다.

"아부지, 그거 뭐 합니꺼?"

"쉬염 만든다 안 카더나. 어젯밤에 안 카더나."

"쉬염 만들어서 뭐 하는데예?"

"넌 알 끼 아니다."

"······."

"요렇게 좀 삐져나도고"

동길이는 아버지한테서 가위를 받아 쥐고 종이를 국수처럼 가닥가닥 오려 나갔다. 그리고 아버지가 시키는 대로 그것을 실로 꿰매기 시작했다.

어머니가 밥상을 들고 들어왔을 때는 한 다발의 흰 종이수염이 제법 그럴듯하게 만들어졌다. 어머니는 밥상을 놓으며,

"그걸로 대체 머 하는게? 광대놀음 하는게?"

했다.

"광대놀음? 흐흐흐······."

아버지는 서글피 웃었다.

---

28 을씨년스럽다 : 보기에 날씨나 분위기 따위가 몹시 스산하고 쓸쓸한 데가 있다.

창식이란 놈이 부르러 올 리 없었다. 그러나 동길이는 밥숟갈을 놓기가 바쁘게 책보를 들고 일어섰다. 아버지도 방구석에 걸린 낡은 보릿짚 모자를 벗겨서 입으로 푸푸 먼지를 부는 것이었다.

책보를 옆구리에 낀 동길이가 앞서고, 종이로 만든 수염을 손에 든 아버지가 뒤따라 집을 나섰다.

아버지와 동길이는 삼거리에서 헤어졌다. 헤어질 때, 아버지는 동길이에게,

"걱정 말고 꼭 핵교에 가거래이. 응?"

다짐을 했고 동길이는,

"예!"

또렷한 목소리로 대답을 했다.

동길이는 선생님을 대하기가 매우 거북스러웠다. 그러나 선생님은 별로 못마땅해 하는 기색이 없이,

"결석하면 안 된다. 알겠나?"

예사로 한마디 던질 뿐이었다.

학급 아이들이야 뭐라건 그런 건 조금도 두려울 게 없었다. 감히 동길이 앞에서 뭐라고 빈정거릴 만한 아이도 없기는 했지만…. 그만큼 동길이의 수박씨만 한 두 눈은 반짝거렸고, 주먹은 야무졌던 것이다.

동길이가 등교를 하자 창식이는 고양이를 피하는 쥐새끼처럼 곧장 눈치를 살피며 아이들 뒤로 살금살금 돌아가는 것이었다. 어제 일을 생각하면 창식이란 놈을 당장 족쳐 버렸으면 싶었으나, 동길이는 웬일인지 오늘은 얼른 그런 용기가 나지 않았다. 사친회비를 못 가져와서 아무래

도 선생님의 눈치가 보이는 탓인지, 혹은 어제 팔 하나 없는 아버지가 학교에 왔었다는 그 때문인지, 아무튼 어깨가 벌어지지 않았다.

동길이는 얌전히 앉아서 네 시간을 마쳤다. 동길이네 분단이 청소 당번이었다. 시간이 끝나자 창식이들은 우르르 집으로 돌아갔고, 동길이네는 빗자루를 들었다.

청소가 끝나자 동길이는 책보를 옆구리에 끼고 교실을 뛰쳐나왔다. 운동장에는 뙤약볕이 훅훅 쏟아지고 있었다. 찌는 듯 무더웠다.

'시원한 아이스케이크라도 한 개 먹었으면…….'

동길이는 이런 생각을 하며 침을 꿀꺽 삼켰다. 배도 고파왔다. 이마에 맺히는 땀을 씻으며 타박타박 신작로를 걸었다. 냇물로 내려갈까 했으나, 아침에 먹다 남겨 놓은 밥사발이 눈앞에 어른거려 그냥 똑바로 다리를 건넜다.

7

삼거리에 이르렀을 때였다. 동길이는 눈이 번쩍 뜨였다. 참 희한한 것을 보았기 때문이다.

저만큼 먼 거리였으나 얼른 보아 그것이 무슨 광고판이라는 것을 알수 있었다. 가마니 한 장만이나 한 크기일까? 그런 광고판이 길 한가운데를 이쪽으로 걸어오고 있는 것이었다. 그 움직이는 광고판을 따라 우르르 아이들이 떠들어 대며 몰려오고 있었다.

동길이는 저도 모르게 뛰고 있었다. 차츰 가까워지면서 보니 그것은 틀림없는 광고판이었다. 그러나 그 광고판에는 다리가 두 개 달려 있고,

머리도 하나 붙어 있었다.

　사람이었다. 사람이 가슴 앞에 큼직한 광고판을 매달고 걸어오고 있는 것이었다. 등에도 똑같은 광고판을 짊어지고 있는 듯했다. 머리에는 알롱달롱하고 쭈뼛한 고깔을 쓰고 있었고, 얼굴에는 밀가룬지 뭔지 모를 뿌연 분이 덕지덕지 칠해져 있었다. 그리고 턱에는 수염이 허옇게 나부끼고 있었다. 아주 늙은 노인인 것 같기도 했고, 어찌 보면 그렇지 않은 듯도 했다.

　이 희한한 사람이 간간이 또 메가폰을 입에다 갖다 대고, 뭐라고 빽빽 소리를 질러 대는 것이 아닌가. 재미있는 구경거리가 아닐 수 없었다.

　"아아 오늘 밤의 아아 오늘 밤의 활동사진29은 쌍권총을 든 사나이. 아아 쌍권총을 든 사나이. 많이 구경하러 오이소 많이 많이 구경하러 오이소!"

　그리고는 쑥스러운 듯 얼른 메가폰을 입에서 떼어 버리는 것이었다. 그럴라치면 이번에는 아이들이 제가끔 목소리를 돋우어,

　"아아 오늘 밤에는 쌍권총을 든 사나이."

　"아아 쌍권총을 든 사나이. 구경하러 오이소"

　"아아 오늘 밤에 많이 많이 구경하러 오이소"

하고 떠들어 댔다.

---

29 활동사진 : '영화'의 옛 용어. 움직이는 사진이라는 뜻으로, 영화가 처음 일본에 들어왔을 때 붙은 이름이다.

동길이는 공연히 즐거웠고, 가슴이 울렁거렸다. 우뚝 멈추어 서서 우선 광고판의 그림부터 바라보았다.

시꺼먼 안경을 낀 코쟁이가 큼직한 권총을 두 자루 양쪽 손에 쥐고 있는 그림이었다. 노란 머리카락과 새파란 눈깔을 가진 여자도 하나 윗도리를 거의 벗은 것처럼 하고 권총을 든 사나이 등 뒤에 납작 붙어 있었다. 괴상한 그림이었다.

"아아 쌍권총을 든 사나이, 아아 오늘 밤의 활동사진은 쌍권총을 든 사나이. 많이 구경 오이소! 많이 많이 구경 오이소!"

그리고 메가폰을 입에서 뗀 그 희한한 사람의 시선이 동길이의 시선과 마주쳤다.

순간 동길이의 가슴이 철렁 내려앉고 말았다. 뒤통수를 야물게 한 대 얻어맞은 것 같았다. 그리고 눈물이 핑 돌았다. 어처구니가 없었다.

그 희한한 사람이 바로 아버지였던 것이다.

아버지는 동길이와 눈이 마주치자 약간 멋쩍은 듯했다. 그리고는 얼른 시선을 돌려 버리는 것이었다. 동길이는 코끝이 매워 오며 뿌옇게 눈앞이 흐려져 갔다.

아이들은 더욱 신명이 나서 떠들어 댄다.

"아아 오늘 밤에는 쌍권총입니다."

"아아 쌍권총을 든 사나이 재미가 있습니다."

이런 소리에 섞여 분명히,

"동길아 느 그 아부지다. 느 그 아부지 참 멋쟁이다."

하는 소리가 동길이의 귓전을 때렸다. 용돌이란 놈의 목소리에 틀림없었다.

동길이는 온몸의 피가 얼굴로 치솟는 듯했다. 주먹으로 아무렇게나 눈물을 뿌리쳤다. 뿌옇던 눈앞이 확 트이며 얼른 눈에 들어온 것은 소리를 지른 용돌이가 아닌 창식이란 놈이었다. 요놈이 나무꼬챙이를 가지고 아버지의 수염을 곧장 건드리면서,

"진짜 앙이다야. 종이로 만든 기다. 종이로."

하고, 켈켈 웃어 쌓는 것이 아닌가.

동길이는 가슴속에 불이 확 붙는 것 같았다. 순간 동길이의 눈은 매섭게 빛났다. 이미 물불을 가릴 계제30가 아니었다.

살쾡이처럼 내달을 따름이었다.

"으악"

비명 소리와 함께 길바닥에 나가떨어진 것은 물론 창식이었다. 개구리처럼 뻗었다. 그러나 동길이는 그 위에 덮쳐서 사정없이 마구 깔고 문댔다.

"아이크, 아야야야 …… 캥!"

창식이의 얼굴은 떡이 되는 판이었다.

아이들은 덩달아서 와아와아 소리를 지르며 떠들어 댔다.

동길이 아버지는 두 눈이 휘둥그래지며 손에서 메가폰을 떨어뜨렸다. 어찌 된 영문인지 알 수가 없었다.

창식이는 이제 소리도 지르지 못하고 윽! 윽 넘어가고 있었다.

---

30 계제 : 어떤 일을 할 수 있게 된 형편이나 기회

"와 이카노? 와 이카노? 잉? 와 이캐?"

동길이 아버지는 후닥닥 광고판을 벗어 던졌다. 그리고 하나 남은 손을 대고 내저으며 어쩔 줄을 몰라 했다. 턱에 붙였던 수염의 실밥이 떨어져서 흰 종이수염이 가슴 앞에 매달려 너풀너풀 춤을 춘다.

"이눔의 자식이 미쳤나, 와 이카노, 와 이캐 잉?"

선생님이 들려주는 그 시절 이야기

서연 : 선생님, 오늘은 하근찬의 「흰 종이수염」에 관한 이야기를 듣고 싶어요. 얼마 전에는 「수난이대」를 읽었는데, 같은 작가의 작품이어서 그런지 비슷한 면도 있고, 다른 점도 있는 거 같아요.

선생님 : 그래, 우선 어떤 점이 비슷했니?

서연 : 네, 시대 배경과 주제가 비슷한 거 같아요. 특히 작품 속에서 '아버지'가 징용에 나갔다가 팔을 잃는 부상을 입고 돌아오는 것이 똑같아요. 그리고 이를 소재로 삼아 전쟁으로 고통받는 사람들의 이야기를 한다는 점이 공통적이에요.

선생님 : 그래, 유사한 주제를 다룬 작품들이지.

태환 : 그런데 징용에 나간 전쟁은 달라요. 「수난이대」에서는 태평양 전쟁 때 일제의 의해 남태평양에 끌려갔던 거고, 이 작품에서는 한국 전쟁에 동원된 거잖아요?

선생님 : 그래, 정확하게 따지자면 그렇지. 하지만 힘없는 민중들이 역사적 사건에 휘말려 희생당한다는 점에서는 별반 차이가 없기도 하고……

태환 : 네, 그건 저도 알아요. 그런데 한국 전쟁 때도 사람들이 징용에 많이 동원되었나요? 그게 궁금해요. 그리고 그때 징용에 불려 나가면 구체적으로 어떤 일들을 했나요? 「수난이대」에서는 남태

평양의 어느 섬에서 비행장을 닦고 동굴을 만드는 일을 했다고 했는데…….

선생님 : 한국 전쟁 때도 많은 민간인들이 동원되었단다. 그들을 흔히 '노무자'라고 불렀는데 군대를 위해 탄약이나 연료, 식량 등을 운반하거나, 군사용 진지나 도로 및 교량 공사에 동원되었지. 위험한 전쟁터에서 일하다 보니 많은 사람들이 작품 속 '동길'이의 아버지처럼 다치고, 때로는 죽음을 당하기도 했어. 비극적인 일이었지.

태환 : 네, 알겠습니다.

선생님 : 그건 그렇고, 두 작품의 다른 점은 뭐라고 느꼈니?

서연 : 네, 우선 주인공이 초등학생인 '동길'이고, 그 아이를 중심으로 사건이 전개된 점이 달랐어요.

선생님 : 그래 잘 보았구나. 그래서 구체적으로 어떤 점이 새롭게 느껴졌지?

서연 : 어린아이의 생각과 느낌을 위주로 이야기가 서술되니까 공감이 잘 되었어요. 그리고 음…, 그때의 생활상을 더 많이 엿볼 수 있었던 거 같아요. 예를 들어, 아이들이 학교에 다니거나 물놀이하던 모습, 정오를 알리는 사이렌, 읍내 극장의 스피커 소리, 광고판을 메고 영화를 선전하는 모습 등에 대한 묘사가 기억에 남아요.

그런데 참, 사친회비가 뭐예요? 그걸 안 냈다고 학교에 공부하러 온 아이를 쫓아 보내다니 선생님이 너무한 거 같기도 하고요.

선생님 : 사친회비는 말뜻 그대로 사친회의 운영을 위해서 학부모들이 내는 돈을 말했어. 사친회란 원래 미국에서 아이들을 잘 가르치기 위해서 부모와 교사가 협력하기 위해 만든 단체였지. 그런데 우리나라에서는 1945년 광복 후에 생긴 학부모들의 후원회가 시초였어. 당시 학교들이 심각한 재정난에 빠졌을 때, 이 후원회에서 재정적으로 도움을 주었단다.

그러다가 한국 전쟁 기간에 후원회가 사친회로 개편되면서 정식으로 제도화됐어. 그런데 이 단체가 나중에는 아이들 교육을 돕는다는 본래의 기능은 잃어버리고, 학부모에게 부담을 주면서 학교 운영을 위한 돈을 걷는 일에만 치중했단다. 그래서 비판 여론이 높았지.

태환 : 아, 그래서 사친회비를 못낸 아이들을 집으로 쫓아 보내고, 학부모를 모셔 오라고 그랬군요? 그걸 못 걷으면 학교 운영이 잘 안 되니까….

선생님 : 그래, 물론 국가에서 교육 재정을 충분히 지원해 주지 못한 탓이지만, 비교육적인 행위였지.

서연 : 그런데 그걸 못 내는 아이들이 한둘이 아니었나 봐요? 이 작품에서도 동길이를 포함해 여섯 명이나 학교에서 쫓겨난 것으로 서술되잖아요.

선생님 : 그래 당시는 경제적으로 매우 어려웠고, 대부분의 사람들이 가난했어. 전쟁으로 거의 모든 것이 파괴된 상황이었으니, 어쩌면 당연한 일이었다고도 볼 수 있지.

실제로 전쟁 직후 집을 잃고 거리를 떠돌았던 사람의 수가 200만 명을 넘었고, 굶주림에 시달린 사람들이 전체 인구의 20~25%에 달했다고 해.

태환 : 그러고 보니, 이 작품에서도 아이들이 배고파하는 장면이 나와요. 냇가에서 물놀이를 하고 나서 동길이가 배 안 고프냐고 물었을 때, 용돌이가 "배사 고프다. 그렇지만 임마, 집에 가야 밥이 있어야지. 너거 집엔 오늘 점심 있나"라고 했던 게 기억나요. 여기서 당시 많은 집에서 끼니를 제대로 잇지 못했다는 걸 알 수 있었어요.

서연 : 저도 인상 깊게 기억에 남는 게 있어요. 집에 돌아온 아버지의 한쪽 팔이 없는 걸 보고 동길이는 조금 무서워하며 뒤로 물러서기도 하잖아요?

그런데 어머니가 수제비를 끓여 내오자 그걸 허겁지겁 먹어요. 그때 '동길이는 수제비를 퍼올리기에 바빠서 아버지의 남은 손이 왼손인지 오른손인지 그런 덴 도무지 관심이 없는 듯했다.'는 구절이 나오는데, 그걸 보니까 정말 평소에 얼마나 배가 고팠으면 그랬을까 하는 생각이 들었어요.

선생님 : 그래, 아까도 말했지만 그 시절에는 많은 사람들이 굶주렸단다. 미국이 지원한 원조 물자로 목숨을 이어가는 지경이었지. 작품에 나오는 수제비도 원조 물자였던 밀가루로 끓인 것으로 보면 옳을 거다.

태환 : 원조 물자가 뭐예요?

선생님 : 한국 전쟁 후 미국이 우리나라에 제공했던 물품과 식량을 말하
　　　　는 거다. 주로 밀가루나 분유, 설탕 등 생필품이 중심이었어. 이
　　　　런 걸 분배 받아서 겨우 연명했지만, 그게 풍족하게 돌아올 리는
　　　　없고 그래서 많은 사람들이 배고픔에 시달려야 했지.
　　　　전쟁이라면 흔히 인명 손실만 생각하지만, 엄청난 물적 피해도
　　　　동반한단다. 대부분의 산업 시설이 파괴되고 농토도 황폐화된
　　　　현실은 심각한 고통을 안겨 주지.
　　　　이 작품에 등장하는 가족이 겪는 신체적 부상, 가난과 굶주림의
　　　　고통은 이런 당대의 현실을 그대로 반영하는 것으로 이해할 수
　　　　있어.
태환　: 네, 잘 알겠어요.
서연　: 선생님 말씀을 듣고, 그때 사람들이 정말 어렵게 살았다는 것을
　　　　새삼 느꼈어요. 작품의 상황도 잘 이해가 되고요. 감사합니다!

학

황순원 (1915~2000)

작가 소개

황순원은 평안남도 대동면에서 태어났다. 평양의 숭실중학교를 졸업한 후 일본으로 건너가 와세다대학 영문과를 다녔다. 1939년 대학을 졸업하고 귀국해서는 중고등학교 교사로 재직하였다. 1946년에 가족과 함께 고향을 떠나 남쪽으로 내려왔으며, 경희대학교 국문과 교수로 재직하며 학생들을 가르치다 정년 퇴임하였다.

그는 1930년대에 문단에 나온 후, 일제 말기와 해방, 분단과 전쟁의 혼란기를 거치는 동안 지속적으로 주목받는 작품을 발표하며 자신만의 문학 세계를 구축하였다. 이어 1980년대까지 꾸준한 창작 활동을 펼치면서 뛰어난 작품들을 많이 남겨, 해방 이후 우리나라의 대표 작가 중의 한 명으로 손꼽히고 있다.

황순원이 처음 문학 활동을 시작한 것은 시인으로서였다. 1931년 잡지 『동광』에 첫 작품 「나의 꿈」을 발표한 후, 수년 사이에 두 권의 시집을 출간하였다.

그러다가 1937년 문학 동인지 『단층』의 동인으로 참여하면서 소설에 관심을 가지게 되고, 1940년 첫 단편집 『늪』을 내면서부터는 소설 창작에 전념하였다. 일제 말기에 이르러 탄압이 심해지자 고향으로 내려가 집필에만 몰두하였는데, 이때 쓰인 「독 짓는 늙은이」 등의 작품은 해방 후에야 발표되었다.

그의 초기 소설 중에는 소년, 소녀가 주인공으로 등장하는 작품이 많다. 「별」과 「소나기」 등이 대표적인데, 이들 작품에서 작가는 어린 주인공들이 죽음과 상실, 사랑과 이별 등을 충격적으로 경험하면서 성장해 가는 모습을 서정적으로 그렸다.

한편 동심의 세계와는 달리, 혼란한 시대를 배경으로 고통스러운 현실을 그린 작품들도 많이 발표하였다. 그중에서 각각 일제 강점기와 한국 전쟁을 배경으로 하는 단편 「목넘이 마을의 개」와 「학」이 유명하다.

한국 전쟁 이후부터는 장편 소설을 주로 발표하였는데, 해방 직후 북한의 토지 개혁을 둘러싼 이야기를 그린 『카인의 후예』를 비롯하여, 『나무들 비탈에 서다』, 『일월』, 『움직이는 성』 등이 이에 해당한다. 이 작품들에서는 시대적 모순에서 비롯되는 극한의 상황 속에서도 인간의 존엄성과 순수성, 정신적 아름다움을 지키려는 모습이 주로 그려지고 있다.

이와 같은 작가의 문학 세계는 간결하고 세련된 언어와 다양한 소설적 기법을 통해 인간의 본원적 모습에 대한 성찰과 생명 존중의 정신을 서정적 아름다움 속에 형상화하고 있다는 평가를 받고 있다.

작품 해설

　이 소설은 한국 전쟁 때 삼팔선 근처의 농촌 마을을 배경으로 친구였던 두 인물이 전쟁에서 비롯된 이념적 대립과 갈등을 극복해가는 과정을 밀도 있게 그려 낸 작품이다.

　성삼과 덕재는 한 마을에서 자란 단짝 친구였으나, 전쟁 중에 적으로 만나게 된다. 성삼이 속한 치안대에 덕재가 농민 동맹 부위원장을 지낸 죄로 잡혀온 것이다. 덕재는 이웃 마을로 이송되어 총살될 처지였다.

　성삼은 포승줄에 묶인 덕재를 호송하기 위해 함께 고개를 넘어간다. 처음에는 적대감이 없지 않았으나, 성삼은 고개를 넘으며 어렸을 적 추억을 떠올리고 덕재의 본심이 예전처럼 선량함을 깨닫게 된다.

　고개를 넘어 들판에 이르렀을 때, 성삼은 학 떼를 보고 어린 시절 함께했던 학 사냥의 기억을 떠올린다. 그리고는 학 사냥을 하자며 덕재의 포승줄을 풀어 준다. 어리둥절해 하던 덕재가 말뜻을 알아듣고 풀숲을 기기 시작한다. 그 위로는 단정학 두세 마리가 큰 날개를 펴고 유유히 날고 있다.

　이와 같은 내용은 전쟁이 강요하는 적대 의식을 순수한 인간애와 우정으로 극복해 가는 모습을 담고 있다. 작품 속에서 이를 가능케 한 것은 어린 시절의 추억이었다. 어릴 때의 천진무구한 마음과 사랑의 감정을 회복했을 때, 비인간적인 살육의 현실을 넘어설 수 있는 길이 열린 것이다. 이처럼 인간의 순수한 본성에 대한 믿음과 옹호를 통해 전쟁의 상처를 치유하는 방법을 제시하고자 한 것이 이 작품의 주제라 할 수 있다.

작가는 이런 주제를 암시와 상징의 기법을 통해 효과적으로 형상화한다. 직접적으로 설명하거나 논평하는 대신 인물들의 대화와 행동을 객관적으로 보여 주고, '학'과 같은 상징적 소재를 적절히 활용하여 내면 심리와 주제를 암시하는 것이다.

가령 작품에서 성삼이 덕재에게 느끼는, 적대 의식과 우정 사이의 심리적 갈등은 직접 서술되지 않는다. 대신 담배 맛도 못 느끼면서 연거푸 담배를 피우는 장면이 제시될 뿐이다. 또 결말 부분에서 덕재가 자유의 몸이 된 상황도 분명하게 서술되지 않는다. 높은 가을 하늘을 유유히 날고 있는 학의 모습에 대한 묘사가 이를 대신하고 있다.

이런 창작 방법은 독자들로 하여금 인물의 심리나 상황을 추리하고 생생하게 느끼도록 만든다. 이와 함께 작가는 간결한 문체로 사건을 압축적으로 서술함으로써 절제된 이야기 속에 더욱 풍부한 의미를 담아내는 함축미를 조성하고 있다.

이런 특징으로 인해 이 소설은 비교적 짧고 단순한 이야기를 담고 있으면서도, 단편 소설의 형식적 아름다움을 모범적으로 구현한 작품으로 평가받고 있다.

학

삼팔 접경의 이 북쪽 마을은 드높이 개인 가을 하늘 아래 한껏 고즈넉했다.

주인 없는 집 봉당31에 흰 박통32만이 흰 박통을 의지하고 굴러 있었다.

어쩌다 만나는 늙은이는 담뱃대부터 뒤로 돌렸다. 아이들은 또 아이들대로 멀찌감치서 미리 길을 비켰다. 모두 겁에 질린 얼굴들이었다.

동네 전체로는 이번 동란33에 깨어진 자국이라곤 별로 없었다. 그러나 어쩐지 자기가 어려서 자란 옛 마을은 아닌 성싶었다.

뒷산 밤나무 기슭에서 성삼이는 발걸음을 멈추었다. 거기 한 나무에 기어올랐다. 귓속 멀리서, 요놈의 자식들이 또 남의 밤나무에 올라가는구나, 하는 혹부리 할아버지의 고함소리가 들려왔다.

그 혹부리 할아버지도 그새 세상을 떠났는가. 몇 사람 만난 동네 늙은이 가운데 뵈지 않았다.

31 봉당 : 주택 내부인 안방과 건넌방 사이에 마루를 놓지 않고 흙바닥 그대로 둔 곳
32 박통 : 타지 않은 통째로의 박
33 동란 : 폭동, 반란, 전쟁 따위가 일어나 세상이 몹시 어지러워지는 일. 여기서는 한국 전쟁을 가리킨다.

성삼이는 밤나무를 안은 채 잠시 푸른 가을 하늘을 치어다보았다. 흔들지도 않은 밤 나뭇가지에서 남은 밤송이가 저 혼자 아람34이 벌어져 떨어져 내렸다.

임시 치안대35 사무소로 쓰고 있는 집 앞에 이르니, 웬 청년 하나이 포승36에 꽁꽁 묶이어 있다.

이 마을에서 처음 보다시피하는 젊은이라, 가까이 가 얼굴을 들여다보았다. 깜짝 놀랐다. 바로 어려서 단짝 동무였던 덕재가 아니냐.

천태에서 같이 온 치안대원에게 어찌 된 일이냐고 물었다. 농민 동맹 부위원장을 지낸 놈인데 지금 자기 집에 잠복해 있는 걸 붙들어 왔다는 것이다.

성삼이는 거기 봉당 위에 앉아 담배를 피워 물었다.

덕재를 청단37까지 호송하기로 되었다. 치안대원 청년 하나이 데리고 가기로 했다.

성삼이가 다 탄 담배꼬투리에서 새로 담뱃불을 댕겨 가지고 일어섰다.

"이 자식은 내가 데리구 가지요."

덕재는 한결같이 외면한 채 성삼이 쪽은 보려고도 하지 않았다.

---

34 아람 : 밤 따위가 충분히 익어 저절로 떨어질 정도가 된 상태. 또는 그런 열매
35 치안대 : 치안을 목적으로 조직한 부대. 치안은 국가 사회의 안녕과 질서를 유지하는 일을 말한다.
36 포승 : 죄인을 잡아 묶는 노끈
37 청단 : 오늘날 황해남도 청단군에 속하는 지역

동구 밖을 벗어났다.

성삼이는 연거푸 담배만 피웠다. 담배 맛은 몰랐다. 그저 연기만 기껏 빨 았다 내뿜곤 했다. 그러다가 문득 이 덕재 녀석도 담배 생각이 나려니 하 는 생각이 들었다. 어려서 어른들 몰래 담 모퉁이에서 호박잎 담배를 나눠 피우던 생각이 났다. 그러나 오늘 이깟 놈에게 담배를 권하다니 될 말이냐.

한번은 어려서 덕재와 같이 혹부리 할아버지네 밤을 훔치러 간 일이 있 었다. 성삼이가 나무에 올라갈 차례였다. 별안간 혹부리 할아버지의 고함 소리가 들려왔다. 나무에서 미끄러져 떨어졌다. 엉덩이에 밤송이가 찔렸 다. 그러나 그냥 달렸다. 혹부리 할아버지가 못 따라올 만큼 멀리 가서야 덕재에게 엉덩이를 돌려 댔다. 밤 가시 빼내는 게 더 따끔거리고 아팠다. 절로 눈물이 질끔거려졌다. 덕재가 불쑥 자기 밤을 한 줌 꺼내어 성삼이 호주머니에 넣어 주었다….

성삼이는 새로 불을 댕겨 문 담배를 내던졌다. 그리고는 이 덕재 자식 을 데리고 가는 동안 다시 담배는 붙여 물지 않으리라 마음먹는다.

고갯길에 다다랐다. 이 고개는 해방 전전해 성삼이가 삼팔 이남 천태 부근으로 이사 가기까지 덕재와 더불어 늘 꼴38 베러 넘나들던 고개다.

성삼이는 와락 저도 모를 화가 치밀어 고함을 질렀다.

"이 자식아, 그동안 사람을 몇이나 죽였냐?"

---

38 꼴 : 말이나 소에게 먹이는 풀

그제야 덕재가 힐끗 이쪽을 바라다보더니 다시 고개를 거둔다.

"이 자식아, 사람 몇이나 죽였어?"

덕재가 다시 고개를 이리로 돌린다. 그리고는 성삼이를 쏘아본다. 그 눈이 점점 빛을 더해 가며 제법 수염발 잡힌 입언저리가 실룩거리더니,

"그래 너는 사람을 그렇게 죽여 봤니?"

이 자식이! 그러면서도 성삼이의 가슴 한복판이 환해짐을 느낀다. 막혔던 무엇이 풀려 내리는 것만 같은. 그러나,

"농민 동맹 부위원장쯤 지낸 놈이 왜 피하지 않구 있었어? 필시 무슨 사명을 띠구 마구 잠복해 있는 거지?"

덕재는 말이 없다.

"바른대루 말해라. 무슨 사명을 띠구 숨어 있었냐?"

그냥 덕재는 잠잠히 걷기만 한다. 역시 이 자식 속이 꿀리는 모양이구나. 이런 때 한번 낯짝을 봤으면 좋겠는데 외면한 채 다시는 고개를 돌리지 않는다.

성삼이는 허리에 찬 권총을 잡으며,

"변명은 소용없다. 영락없이 넌 총살감이니까. 그저 여기서 바른대루 말이나 해 봐라."

덕재는 그냥 외면한 채,

"변명은 할려구두 않는다. 내가 제일 빈농의 자식인 데다가 근농꾼[39]

---

39 근농꾼 : 농사를 부지런히 짓는 농사꾼

이라구 해서 농민 동맹 부위원장 됐든 게 죽을죄라면 하는 수 없는 거구, 나는 예나 이제나 땅 파먹는 재주밖에 없는 사람이다."

그리고 잠시 사이를 두어,

"지금 집에 아버지가 앓아누웠다. 벌써 한 반년 된다."

덕재 아버지는 홀아비로 덕재 하나만 데리고 늙어 오는 빈농꾼[40]이었다. 칠 년 전에 벌써 허리가 굽고 검버섯이 돋은 얼굴이었다.

"장간 안 들었나?"

잠시 후에,

"들었다."

"누와?"

"꼬맹이와."

아니 꼬맹이와? 거 재미있다. 하늘 높은 줄 모르고 땅 넓은 줄만 알아, 키는 작고 똥똥하기만 한 꼬맹이. 무던히 새침데기였다. 그것이 얄미워서 덕재와 자기는 번번이 놀려서 울려 주곤 했다. 그 꼬맹이한테 덕재가 장가를 들었다는 것이다.

"그래 애가 몇이나 되나?"

"이 가을에 첫애를 낳는대나."

성삼이는 그만 저도 모르게 터져 나오려는 웃음을 겨우 참았다. 제 입으로 애가 몇이나 되느냐 묻고서도 이 가을에 첫애를 낳게 됐다는 말을

---

40 빈농꾼 : 가난한 농사꾼

듣고는 우스워 못 견디겠는 것이다. 그러지 않아도 작은 몸에 큰 배를 한 아름 안고 있을 꼬맹이. 그러나 이런 때 그런 일로 웃거나 농담을 할 처지가 아니라는 걸 깨달으며,

"하여튼 네가 피하지 않구 남아 있는 건 수상하지 않어?"

"나두 피하려구 했었어. 이번에 이남[41]서 쳐들어오믄 사내란 사낸 모주리 잡아 죽인다구 열일곱에서 마흔 살까지의 남자는 강제루 북으로 이동하게 됐었어. 할 수 없이 나두 아버질 업구라두 피난 갈까 했지. 그랬드니 아버지가 안 된다는 거야. 농사꾼이 다 지어 놓은 농살 내버려두구 어딜 간단 말이냐구. 그래 나만 믿구 농사일루 늙으신 아버지의 마지막 눈이나마 내 손으루 감겨 드려야겠구, 사실 우리같이 땅이나 파먹는 것이 피난 간댔자 별수 있는 것두 아니구 …."

지난 유월 달에는 성삼이 편에서 피난을 갔었다. 밤에 몰래 아버지더러 피난 갈 이야기를 했다. 그때 성삼이 아버지도 같은 말을 했다. 농사꾼이 농사일을 늘어놓구 어디루 피난 간단 말이냐. 성삼이 혼자서 피난을 갔다. 남쪽 어느 낯설은 거리와 촌락을 헤매 다니면서 언제나 머리에서 떠나지 않는 건 늙은 부모와 어린 처자에게 맡기고 나온 농사일이었다. 다행히 그때나 이제나 자기네 식구들은 몸성히들 있다.

고갯마루를 넘었다. 어느새 이번에는 성삼이 편에서 외면을 하고 걷고 있었다. 가을 햇볕이 자꾸 이마에 따가웠다. 참 오늘 같은 날은 타작하

---

41 이남 : 남한

기에 꼭 알맞은 날씨라고 생각했다.

고개를 다 내려온 곳에서 성삼이는 주춤 발걸음을 멈추었다.

저쪽 벌 한가운데 흰옷을 입은 사람들이 허리를 굽히고 섰는 것 같은 것은 틀림없는 학 떼였다. 소위 삼팔선 완충 지대가 되었던 이곳. 사람이 살고 있지 않은 그동안에도 이들 학들만은 전대로 살고 있은 것이었다.

지난날 성삼이와 덕재가 아직 열두어 살쯤 났을 때 일이었다. 어른들 몰래 둘이서 올가미를 놓아 여기 학 한 마리를 잡은 일이 있었다. 단정학[42]이었다. 새끼[43]로 날개까지 얽어매 놓고는 매일같이 둘이서 나와 학의 목을 쓸어안는다, 등에 올라탄다, 야단을 했다. 그러한 어느 날이었다. 동네 어른들의 수군거리는 소리를 들었다. 서울서 누가 학을 쏘러 왔다는 것이다. 무슨 표본인가를 만들기 위해서 총독부의 허가까지 맡아 가지고 왔다는 것이다. 그길로 둘이는 벌로 내달렸다. 이제는 어른들한테 들켜 꾸지람 듣는 것 같은 건 문제가 아니었다. 그저 자기네의 학이 죽어서는 안 된다는 생각뿐이었다. 숨 돌릴 겨를도 없이 잡풀 새를 기어 학 발목의 올가미를 풀고 날개의 새끼를 끌렀다. 그런데 학은 잘 걷지도 못하는 것이다. 그동안 얽매여 시달린 탓이리라. 둘이서 학을 마주 안아 공중에 투쳤다. 별안간 총소리가 들렸다. 학이 두서너 번 날갯짓을 하다가 그대로 내려왔다. 맞았구나. 그러나 다음 순간, 바로 옆 풀

---

42 단정학 : 붉은 볏을 가진 학
43 새끼 : 짚으로 꼬아 엮은 줄

숲에서 펄럭 단정학 한 마리가 날개를 펴자 땅에 내려앉았던 자기네 학도 긴 목을 뽑아 한 번 울음을 울더니 그대로 공중에 날아올라, 두 소년의 머리 위에 둥그러미를 그리며 저쪽 멀리로 날아가 버리는 것이었다. 두 소년은 언제까지나 자기네 학이 사라진 푸른 하늘에서 눈을 뗄 줄을 몰랐다……

"얘, 우리 학 사냥이나 한번 하구 가자."

성삼이가 불쑥 이런 말을 했다.

덕재는 무슨 영문인지 몰라 어리둥절해 있는데,

"내 이걸루 올가밀 만들어 놓께 너 학을 몰아오너라."

포승줄을 풀어 쥐더니, 어느새 성삼이는 잡풀 새로 기는 걸음을 쳤다.

대번 덕재의 얼굴에서 핏기가 걷혔다. 좀 전에, 너는 총살감이라던 말이 퍼뜩 머리를 스치고 지나갔다. 이제 성삼이가 기어가는 쪽 어디서 총알이 날아오리라.

저만치서 성삼이가 홱 고개를 돌렸다.

"어이, 왜 멍추44같이 게 섰는 게야? 어서 학이나 몰아오너라!"

그제서야 덕재도 무엇을 깨달은 듯 잡풀 새를 기기 시작했다.

때마침 단정학 두세 마리가 높푸른 가을 하늘에 큰 날개를 펴고 유유히 날고 있었다.

---

44 멍추 : 기억력이 떨어지고 행동이 흐리멍덩한 사람을 얕잡아 이르는 말

선생님이 들려주는 그 시절 이야기

서연 : 선생님, 안녕하세요? 이번에는 황순원의 「학」이란 작품을 읽었어요. 오늘도 작품 얘기해 주실 거죠?

선생님 : 그럼, 물론이지. 태환이도 같이 읽었지?

태환 : 네, 선생님. 이 작품이 한국 전쟁을 배경으로 한 거 맞죠?

선생님 : 그래 맞아. 작품은 재미있었니?

태환 : 네, 전쟁이 벌어지던 시기를 다루고 있고, 그 지역도 삼팔선 근처여서 관심이 갔어요. 그리고 어릴 적 단짝 친구가 적으로 만나게 된 상황도 흥미로웠어요.

선생님 : 그럼, 작품을 읽으면서 궁금했던 게 뭐니?

태환 : 선생님, 이 작품의 주인공 두 친구는 군인이 아니죠? 그리고 경찰도 아닌 거 같은데, 왜 체포하고 처형하고 하는 일이 벌어지는 거예요?

서연 : 그걸 이해하려면, 먼저 '치안대'나 '농민 동맹'에 대해 알아야 하지 않나요? 성삼이는 치안대 소속이고 덕재는 농민 동맹 부위원장이었다고 나오잖아요? 덕재가 체포된 죄목도 농민 동맹이란 단체에서 부위원장을 했다는 거고요.

선생님 : 그렇지. 그것들은 남한과 북한의 점령지에서 만들어졌던 민간단체들 중의 하나야.

먼저 북한군이 남침하여 낙동강 인근까지 밀고 내려갔을 때, 정치보위부라는 기관을 중심으로 점령 지역을 통치했어. 그런데 그 기관만으로는 완전히 지역을 장악하기 힘들었기 때문에 각 마을에 자신들에게 동조하는 민간단체들을 만들었지. '민주 청년 동맹(일명 민청), 여성 동맹, 직업 동맹, 농민 동맹, 소년단 조국 보위 후원회' 등이 그것이야.

북한은 이런 단체들을 동원해 공산주의 이념에 어긋나거나 반항하는 인사들을 탄압하고 처형했어. 지주나 경찰 가족들이 대표적인 피해자들이었지.

반대로 국군 점령 지역에서는 '치안대'나 '애국 청년단' 같은 반공단체가 조직되었어. 이들이 부역자들을 찾아내 경찰에 넘기거나 직접 처단하기도 했지. 부역자란 북한군 점령 시에 협력했던 사람들을 가리키는데, 친북 단체 사람들이 부역자로 지목됐어.

태환 : 그래서 같은 마을 사람들끼리 서로 죽고 죽이고 했다는 건가요?

선생님 : 그랬단다. 남북이 모두 자기편의 이념을 강요하며 민간단체를 조직해서 동원했기 때문이야. 사실 그때 단체에 가입한 사람들 중에는 이념이 뭔지도 모르고 떠밀려서 가담한 이들도 많았지. '덕재'처럼 말이야……. 극단적인 시대 상황 속에서 어쩔 수 없이 휘말려 들었다고 봐야지.

서연 : 네, 그렇게 해서 끔찍한 일들이 벌어졌던 거군요. 작품의 결말은 해피엔딩이었지만요.

선생님 : 그래. 이 작품은 바로 이런 시대 상황을 배경으로 전쟁의 광기와

상처를 치유할 수 있는 방법으로 이념을 넘어서는 우정과 순수한 인간애를 제시하고 있는 거지.

서연 : 잘 알겠습니다, 선생님. 그건 그렇고 한 가지 더 여쭤볼게요. 제목도 '학'이고, 작품 속에서 학이 뭔가 중요한 의미를 상징하는 거 같아요. 정확히 알고 싶어요.

선생님 : 문학 작품에서 비유나 상징이 수학 문제의 정답처럼 단 하나의 의미만을 나타내지는 않지만, 같이 생각해 보자. 우선, 예전부터 학은 어떤 동물로 인식되어 왔는지 아니?

서연 : 고전 문학 작품들을 보면, 옛사람들이 학을 매우 신비하고 고결한 동물로 생각했던 거 같아요. 깊은 산속에서 조용히 은거하는 모습으로 그려지고, 고고한 선비를 상징하기도 했어요. 또 신선이 타고 다니는 동물로도 나오고요.

태환 : 그리고 십장생의 하나로 오래 사는 동물로 생각했고, '군계일학'이란 말을 보면 뛰어난 존재로도 여겼어요.

선생님 : 그래, 맞아. 많이 알고 있구나. 너희들 말대로, 학은 신비스럽고 고결하며 뛰어난 존재로 인식되어 왔던 동물이야. 그럼, 이런 점을 염두에 두면서, 이 작품에서는 학을 어떻게 그리고 있는지 주목해 보자.

서연 : '저쪽 벌 한가운데 흰옷을 입은 사람들이 허리를 굽히고 섰는 것 같은 것'이라고 하는 걸 보니, 백의민족이라고 일컬어지는 우리 민족을 나타내는군요? 맞죠?

선생님 : 그래 맞아. 그런데 이어지는 구절을 좀 더 보자. '소위 삼팔선

완충 지대가 되었던 이곳. 사람이 살고 있지 않은 그동안에도 이들 학들만은 전대로 살고 있은 것이었다.'라고 되어 있어. 이런 구절은 둘로 갈라져 서로 싸우기 이전의 우리 민족의 모습을 의미하는 걸로 읽히지 않니?

결국 이 작품에서 학은 동족상잔의 비극을 멈추고 회복해야 할 우리 민족 본래의 모습과 삶을 나타내는 상징적 소재라 할 수 있지. 고결하고 순수하고 평화로운…….

이런 기본적인 의미를 바탕으로 학은 문맥 속에서 여러 가지 의미를 띠게 되지. 올가미에 잡힌 모습, 학을 풀어 주는 행위, 높푸른 가을 하늘을 유유히 나는 모습을 떠올려 보렴. 이런 것들이 어떤 의미를 암시하는지는 알겠지?

서연 : 네, 그건 얘기 안 해 주셔도 충분히 알 것 같아요. 선생님 말씀을 듣고 궁금증이 거의 다 풀렸어요. 감사합니다

태환 : 오늘도 좋은 말씀, 감사합니다

사회 변화와
가치관의 혼란

박완서「옥상의 민들레 꽃」 / 이태준「돌다리」

급변하는 시대 속에서 겪는 가치관의 혼란과 대립을 그린
작품들이다. 물신주의가 지배하는 상황에서 우리가 회복하거나
되새겨 보아야 할 가치에 대해 생각해 보게 한다.

옥상의
민들레 꽃

박완서 (1931~2011)

작가 소개

　박완서는 경기도 개풍에서 태어났다. 1944년 숙명여중에 입학하여, 5학년 때(당시는 지금과 학제가 달라 중학교가 6년제였다.) 담임 교사인 소설가 박노갑을 만나 영향을 받고 일본어로 된 세계 문학 전집을 읽으면서 문학에 대한 꿈을 키웠다.

　1950년에 서울대 국문과에 입학하지만 그해 한국 전쟁이 일어나 중퇴하게 되었고, 이후에도 끝내 대학 교육을 받지 못했다. 또 전란 중에 오빠와 숙부가 죽고 고향은 북한 영토가 되어버리는 불행을 겪는다.

　그는 휴전 직후인 1953년에 결혼하였고, 한동안 전업주부로 살며 네 딸과 외아들을 키우면서 문학에서 멀어진다. 그러다가 마흔이 되던 해인 1970년 『여성동아』 여류 장편 소설 공모에 『나목』이 당선되어 등단하였다.

　뒤늦게 등단한 후에는 왕성한 창작 활동을 펼치며 문제작들을 계속 발표해 문단의 주목을 받았다. 세상을 떠날 때까지 40년 동안 꾸준히 발표된 그의 소설들은 문학적으로 높은 평가를 받음과 동시에 대중들로부터도 많은 사랑을 받았다. 이런 이유로 그는 현대 한국 여성 문학을 대표하는 소설가로 자리매김하였다.

　그의 작품들은 크게 세 가지 흐름으로 나눠볼 수 있다. 첫째는 분단과 한국 전쟁의 상처를 형상화한 계열의 흐름, 둘째는 물질 만능 주의와 중

산층의 허위의식을 꼬집고 비판하는 흐름, 셋째는 불평등한 사회에서 억압받는 여성들의 문제를 다룬 흐름 등이다.

첫 번째 계열의 작품으로는 등단작인 『나목』을 비롯하여 『엄마의 말뚝』, 『그해 겨울은 따뜻했네』 등이 대표적이다. 이들 작품에서 작가는 가족사적 체험을 바탕으로 분단과 전쟁의 상처, 그리고 그로부터 비롯되는 현실의 고통을 깊이 있고 생생하게 그려 낸다.

두 번째 흐름을 형성하는 것은 1970년대에 이르러 우리 사회에 만연하는 천박한 허영심과 물욕, 거짓된 윤리 의식 등을 능청스럽고 활달한 문체로 비판하는 작품들이다. 「지렁이 울음소리」, 『휘청거리는 오후』 등의 작품이 이에 속한다.

마지막 계열의 작품들은 가부장적 사회 구조 속에서 남자에게 예속을 강요당하고 억눌리는 인물들을 통해 여성 문제를 본격적으로 제기하는 것들로서, 『살아 있는 날의 시작』, 『서 있는 여자』, 『그대 아직도 꿈꾸고 있는가』 등이 주목받았다.

이처럼 작가의 작품 세계는 분단 문제부터 세태 비판, 여성 문제에 이르기까지 넓은 진폭을 보여 준다. 이러한 주제들은 인간과 세상에 대한 날카로운 통찰과 섬세한 감각에 의해 포착된 것으로서, 유려하고 다채로운 문체를 통해 생동감 있게 형상화되고 있다.

작품 해설

  이 소설은 어린 소년의 눈을 통해 이기주의와 물질 만능 주의에 물든 현대 사회를 비판하는 주제를 그린 작품이다.

  시설이 고급이고 주변 환경이 아름답기로 유명한 아파트인 '궁전 아파트'에서 할머니가 뛰어내려 자살한 사건이 두 번이나 발생한다. 이에 주민들은 대책 회의를 열지만, 그들이 관심을 가지는 것은 아파트값뿐이다.

  회의장에서 듣고 있던 '나'는 내 의견을 말하려 하지만, 제지당하고 어머니와 함께 쫓겨난다. 그렇게 나서려 했던 것은 '나'도 자살하려고 옥상에 올라가 본 일이 있기 때문이다. 그때 '나'는 시멘트 바닥 틈에서 자라난 민들레 꽃을 보고 부끄러운 생각이 들어 집으로 돌아갔었다.

  그 사건으로 '나'는 사랑하는 사람이 자기가 없어졌으면 하고 바랄 때 살고 싶지 않아진다는 것, 그리고 자살을 막아주는 것은 쇠창살이 아니라 민들레 꽃이라는 것을 알게 되어, 이를 알리고 싶었던 것이다. 그러나 어른들은 끝내 '나'에게 그 말을 할 기회를 주지 않는다.

  작품에서 이 같은 내용은 어린이 화자 '나'를 통해 서술되고 있다. 순진한 어린이의 시선으로 포착된 어른들의 모습과 행동이 동화적인 말투로 서술됨으로써 흥미를 자아낸다. 전반부에서는 1인칭 관찰자 시점으로 아파트 사람들의 회의 모습을 독자들에게 전달하다가, 후반부에서는

1인칭 주인공 시점으로 전환되어 '나'의 심리와 생각을 주로 드러내는 변화를 보인다.

이런 어린이 화자의 활용은 다양한 효과를 낳지만 주제를 형상화하는 주된 방법이기도 하다. 그것은 궁전 아파트 주민들과 '나'의 대비를 통해 이루어진다.

주민들은 모여서 회의를 열지만 뾰족한 해결책을 내놓지 못하고, 자살한 할머니의 마음도 이해하지 못한다. 그들이 사랑의 마음을 잃어버리고 이기심과 돈에 대한 욕심에 젖어 있기 때문이다. 이에 반해 '나'는 비극적인 자살의 원인과 방지책을 잘 알고 있다. '나'는 가족을 사랑하고 생명의 소중함을 깨달을 수 있는 마음을 지녔기 때문이다. 이런 대립 구조에서 어린 주인공 '나'의 생각과 깨달음은 곧 작품의 주제를 대변한다.

이와 함께 상징적 소재들도 주제를 구현하는 데 기여한다. 물질적 가치관이 지배하는 공간인 '궁전 아파트', 삭막한 단절과 소외의 이미지를 나타내는 '쇠창살', 생명의 소중함을 일깨우는 '민들레 꽃' 등이 그것이다.

이처럼 이 소설은 어린 화자의 시선과 말투로 동화적 분위기를 자아내면서도, 가치관의 대비와 적절한 상징적 소재의 활용을 통해 무거운 사회 비판적인 주제를 효과적으로 형상화하고 있는 작품이다.

옥상의 민들레 꽃

우리 아파트 7층 베란다에서 할머니가 떨어져서 돌아가셨습니다. 실수로 떨어지신 게 아니라 일부러 떨어지셨다니까, 할머니는 자살을 하신 것입니다. 이런 일이 벌써 두 번째입니다.

그것을 제일 먼저 발견한 할머니의 며느리가 놀라서 악을 쓰는 소리를 듣고 아파트에 사는 사람들이 모두 베란다로 뛰어나갔습니다. 나도 뛰어나갔습니다. 다만, 엄마가 뒤에서 내 눈을 가렸기 때문에 7층에서 떨어진 할머니가 어떻게 망가졌는지 보지는 못했습니다.

엄마는 내 눈을 가려 주면서 떨리는 목소리로 말했습니다.

"오오, 끔찍한 일이다."

다른 어른들도 끔찍한 일이야, 오오, 끔찍한 일이야 하면서 아이들의 눈을 가려서 얼른 안으로 데리고 들어갔습니다.

우리 궁전 아파트는 살기가 편하고 시설이 고급이고 환경이 아름답기로 이름이 난 아파트입니다. 우리나라에서 나는 물건은 물론 외국에서 들어온 물건까지 없는 것 없이 갖추어 놓은 슈퍼마켓도 있고, 어린이를 위한 널찍한 놀이터도 있고, 아름다운 공원도 있고 노인들을 위한 정자도 있고 사람의 힘으로 만든 푸른 연못도 있습니다.

누가 "너, 어디 사냐?" 하고 물었을 때 궁전 아파트에 산다고 하면 물은 사람의 얼굴에 단박 부러워하는 빛이 역력해집니다[1]. 그리고 한

숨을 쉬며 말합니다.

"참 좋겠다. 우린 언제 그런 데 살아 보누."

그러니까 궁전 아파트에 살지 않는 사람들은 궁전 아파트에 사는 사람이 행복하다는 것을 아무도 의심하지 않나 봅니다. 그렇게 믿고 있는 사람들을 실망시키지 않기 위해서도 궁전 아파트에 사는 사람들은 모두모두 행복할 수밖에 없습니다.

그런데 이게 웬일입니까. 벌써 두 사람째나 살기가 싫어서 스스로 목숨을 끊었습니다. 얼마나 사는 게 행복하지 않으면 스스로 목숨을 끊고 싶어지나 궁전 아파트 사람들은 상상도 할 수 없습니다. 궁전 아파트 사람이 알 수 있는 것은 앞으로 이런 일이 다시는 일어나선 안 된다는 겁니다. 이런 일이 자꾸 일어나 소문이 퍼져 보십시오. 사람들은 궁전 아파트 사람들의 행복이 가짜일 거라고 의심할지도 모릅니다. 그렇게 되면 큰일입니다. 그런 생각만으로도 궁전 아파트 사람들은 단박 불행해지고 맙니다.

궁전 아파트 사람들이 여태 행복했던 것은 다른 사람들이 그렇게 알아 줬기 때문이니까요.

그것은 마치 엄마의 보석 반지가 엄마를 행복하게 하는 것은, 보석이 아름다워서가 아니라 보석이 진짜라는 보석 장수의 보증[2] 때문인 것과

---

1 역력하다 : 환히 알 수 있게 분명하고 또렷하다.

2 보증 : 어떤 사물이나 사람에 대하여 책임지고 틀림이 없음을 증명함.

같은 이치입니다.

여태껏 굳게 믿고 있던 행복이 흔들리자, 궁전 아파트 사람들은 그 불안을 견디다 못해 한자리에 모여 의논을 하기로 했습니다. 모이는 장소는 칠십 평짜리를 두 개 터서 쓰는 사장님 댁으로 정해졌습니다.

나는 엄마의 치마꼬리3에 바싹 다가붙었습니다. 나는 막내입니다. 그래서 엄마는 나를 그냥 어린앤 줄 압니다. 대개의 어리광은 오냐 오냐 하고 잘 들어 줍니다.

넓은 사장님 댁은 벌써 사람들로 꽉 들어차 있습니다. 반상회 날보다 더 많은 사람들이 모여들었습니다. 반상회 날은 더러 아이들도 섞여 있었는데, 오늘은 아이들은 한 명도 안 보입니다. 어른들만 모여 있으니까 회의의 분위기가 한층 엄숙해지는 것 같았습니다.

엄마도 그제야 내가 따라간 것이 창피한지 눈짓을 하며 나를 등 뒤로 숨기려 들었습니다. 그러나 나는 엄마 등 뒤에 숨을 수 있을 만큼 작은 아이가 아닙니다. 나는 나타나 있고 싶고 참견도 하고 싶었습니다. 딴일이라면 모를까, 이런 일은 내가 꼭 참견을 해야 할 것 같았습니다.

왜냐하면 나는 그 할머니가 왜 살고 싶어 하지 않으셨는지 알고 있기 때문입니다. 생전의 그 할머니와 사귄 적도, 본 적도 없었지만 그것만은 자신 있게 알고 있었습니다.

"에에 또, 이렇게 여러 귀빈4들을 한자리에 모셔서 영광입니다. 오늘은

---

3 치마꼬리 : 전통적인 한복 치마처럼 둘러 입게 만든 치마 자락의 끝

저희 집에 모신 만큼 제가 임시 회장이 되어서 이 회의를 진행하겠습니다. 아, 참 회장이 있으려면 회 이름도 있어야겠군요. 명함에 넣으려면 무슨 무슨 회 회장이라고 해야지 그냥 회장이라고 할 순 없지 않습니까? 안 그렇습니까, 여러분?"

"옳습니다"

여러 사람이 찬성을 했습니다.

"서로 돕기회가 어떻겠습니까?"

어떤 젊은 아저씨가 말했습니다.

"안 됩니다, 그건. 서로 돕다니요? 우리가 뭐가 부족해서 서로 돕습니까? 이웃 돕기는 가난하고 불쌍한 사람들끼리 하는 겁니다."

"옳소, 옳소."

여러 사람이 찬성했기 때문에 서로 돕기회는 부결이 됐습니다.

"그 그렇지만 우리가 여기 이렇게 모인 건 서로 돕기 위해서가 아닙니까?"

서로 돕기회를 주장한 아저씨가 외롭게 대들었습니다.

"아닙니다. 이번 사고를 수습할 대책을 마련하려고 모인 겁니다."

"아, 됐습니다. 바로 그겁니다. 수습 대책 협의회가 좋겠군요. 궁전 아파트 사고 수습 대책 협의회……, 적당히 어렵고 적당히 길고…… 그걸로 정할까요?"

---

4 귀빈 : 귀한 손님

"사장님, 아니 회장님, 그럼 그 명의로 명함을 만드실 건가요?"

"그럼은요. 썩 마음에 드는 명칭입니다. 안 그렇습니까."

"안 그렇습니다. 그건 마치 우리 궁전 아파트가 사고만 나는 아파트란 인상을 퍼뜨리는 것과 같습니다. 아파트값이 뚝 떨어질지도 모릅니다."

아파트값이 떨어질지도 모른다는 소리에 여러 사람들이 일제히 와글와글 들고 일어나 그 이름도 부결이 됐습니다.

"여러분, 지금 급한 건 회의 이름 짓기가 아닙니다. 어떡하면 그런 사고가 다시는 안 일어나게 하나 하는 것입니다. 이번이 벌써 두 번째입니다. 이 소문이 퍼져 보십시오. 제일 먼저 영향을 받는 건 우리 아파트값일 겁니다. 아마 한 번만 더 사고가 나면 우리 아파트값은 당장 똥값이 될걸요."

회 이름을 서로 돕기회로 하자던 아저씨가 이렇게 말하자 장내는 조용해지고 사람들의 얼굴은 사색이 됐습니다.

"여러분, 우리 아파트값을 똥값으로 만들지 않기 위해 머리를 짭시다. 좋은 의견이 있으신 분은 기탄없이5 말씀해 주십시오."

"젊은 사람, 그것은 회장의 권한입니다. 좋은 의견이 있으신 분 기탄없이 말씀해 주십시오."

회장이 젊은 아저씨로부터 말끝을 빼앗았습니다.

"저요, 저요."

---

5 기탄없이 : 어려움이나 거리낌이 없이.

나는 학교에서 선생님한테 나를 시켜 달라고 조를 때처럼 손을 먼저 들면서 벌떡 일어서려는데 엄마한테 세차게 붙잡혔습니다.

"아니, 여기가 어딘 줄 알고 네가 나서려고 해 아이 창피해."

엄마의 얼굴이 홍당무가 됩니다. 아니, 여기가 어디라고 아이를 끌고 다녀 쯧쯧, 사람들이 수군대는 소리도 들립니다. 엄마는 얼굴이 더 빨개지면서 어쩔 줄을 모릅니다.

"제가 한마디 하겠습니다."

뚱뚱한 아줌마가 몸을 일으키는데 하도 오래 걸리니까 뒤에 앉은 사람이 영치기 하고 큰 소리로 외치며 엉덩이를 들어 주었습니다. 모인 사람들이 처음으로 웃음을 터뜨렸습니다.

"여러분, 이건 웃을 일이 아닙니다."

뚱뚱한 아줌마가 엄숙한 얼굴로 말을 시작했습니다.

"나는 조금 전까지만 해도 지금처럼 심각하진 않았습니다. 우리 집엔 노인네가 안 계시니까요. 그러나 지금은 누구 못지않게 심각합니다. 다들 그래야 됩니다. 노인네를 지키는 것은 노인네를 모신 집만의 골칫거리지만 최고의 아파트값을 지키는 것은 우리 모두의 일입니다. 아시겠어요?"

장내가 물을 끼얹은 듯 조용해졌습니다.

"제일 처음 우리가 할 일은 절대로 이번 사고를 입 밖에 내지 않는 겁니다. 소문만 안 나면 그런 일은 없었던 거나 마찬가지입니다. 다음은 그런 일이 다시는 안 일어나게 하는 겁니다. 감쪽같이 감추는 것도 한두 번이지 자꾸 계속되면 소문이 안 날 수가 없게 됩니다. 왜냐하면 이사가는 사람이 생기거든요. 나부터도 그런 사고가 한 번만 더 나면 아파트값이 뚝 떨어지기 전에 제일 먼저 팔고 이사를 갈 테니까요. 이사만 가보셔요. 뭐가 무서워 소문을 안 냅니까? 아시겠죠? 소문을 안 내는 것보다는 그런 사고가 또다시 안 일어나게 하는 게 더 중요한 까닭을……."

모두들 말없이 고개만 끄덕였습니다. 뚱뚱한 여자는 더욱 의기양양해서 연설을 계속했습니다.

"그래서 제가 연구한 사고 방지책을 지금부터 말씀드리겠어요. 조용히 하셔요, 조용히……. 우리 아파트 베란다는 너무 허술해요. 노인네가 아니라도 아이들이 장난치다 떨어지지 말란 법도 없잖아요?"

"아유 끔찍해라."

엄마가 나를 꼭 껴안았습니다. 딴 엄마들도 아이들도 떨어질 수 있다는 새로운 근심에 안절부절을 못합니다. 아이들한테만 집을 맡기고 온 엄마는 뒤로 몰래 빠져나갈 눈치를 보이기도 합니다.

"그래서 베란다에다 일제히 쇠창살을 달면 어떨까 하는 의견을 말씀드리는 겁니다. 바람은 통하되 사람의 몸이 빠져나갈 수 없는 쇠창살 말입니다."

"옳소, 옳소."

"옳은 말씀이에요. 왜 진작 그 생각을 못 했을까? 이제부터 발 뻗고 자게 됐지 뭐예요?"

모든 사람들의 얼굴에서 근심이 걷히면서 뚱뚱한 여자의 의견에 대한 칭찬의 소리가 자자했습니다.

"옳은 일은 서두르는 게 좋아요. 곧 쇠창살을 해 달도록 합시다. 회장의 권한으로 명령합니다."

회장님이 주먹으로 탁탁 응접탁자를 치면서 말했습니다.

"쇠창살 주문은 내가 받겠어요. 우리 애기 아빠가 쇠붙이 회사 사장이니까요. 누구보다도 값싸게, 누구보다도 빨리 해 드릴 수가 있어요. 품질은 보증하겠느냐고요? 여부가 있나요."

뚱뚱한 여자가 신이 나서 소리쳤습니다. 사람들은 서로 먼저 쇠창살 신청을 하려고 밀치고 아우성이었습니다.

"여러분, 침착하세요. 이럴 때일수록 흥분을 가라앉히고 이성을 되찾아 침착하게 생각해야 합니다. 과연 쇠창살이 가장 좋은 방법일까요?"

젊은 아저씨가 아우성치는 사람들을 향해 팔을 휘두르며 외쳤습니다. 사람들은 젊은 아저씨의 다음 말을 기다리느라 잠깐 조용해졌습니다. 그때 나는 내가 다시 나서야 할 것처럼 느꼈습니다.

나는 알고 있기 때문입니다. 베란다에서 떨어져서 그만 살고 싶은 마음을 돌이킬 수 있는 건 쇠창살이 아니라 민들레 꽃이라는 걸 나만이 알고 있기 때문입니다. 내가 알고 있는 건 어른들처럼 갑자기 떠오른 날림6 생각이 아니라 겪어서 알고 있는 것이기 때문에 더욱 자신이 있습니다.

'베란다에 있어야 할 것은 쇠창살이 아니라 민들레 꽃이에요, 정말이에요.'

그 소리를 소리 높이 외치고 싶어 목구멍이 간질간질하고 가슴이 두근댑니다. 오줌을 쌀 것처럼 아랫도리가 뿌듯하기도 합니다. 나는 참을 수

---

6 날림 : 정성을 들이지 아니하고 대강대강 아무렇게나 하는 일

가 없어서 몸부림치면서 엄마의 품을 벗어나려고 했습니다.

"얘가, 누구 망신을 시키려고 또 이러지?"

엄마는 입 속으로 중얼대면서 쇠사슬처럼 꽁꽁 나를 껴안았습니다. 젊은 아저씨가 말을 계속했습니다.

"여러분, 우리 아파트가 가장 값이 비싼 것은 내부의 시설과 부대 시설이 잘 된 때문만은 아니란 걸 알아야 합니다. 우리 아파트는 겉모양이 아름답기로도 소문난 아파트입니다. 지나가던 사람도 우리 아파트를 보면 단박 살고 싶은 생각이 들 만큼 아름다운 겉모양을 하고 있습니다. 옛 궁전이나 성을 연상하고, 그 속에 들어가 살면 왕족이나 귀족이 될 것 같은 희망이 생기기도 합니다. 그런 아파트의 베란다마다 쇠창살을 달아 보세요? 사람들이 뭘 연상하겠습니까?"

"감옥소7요, 감옥소."

"세상에 끔찍해라, 감옥소라니."

"아파트값이 똥값이 되고 말 거예요."

"나라면 거저 줘도 안 살 거예요."

이렇게 해서 베란다에 쇠창살을 달자는 의견은 흐지부지되고 말았습니다. 그러나 뚱뚱한 여자는 기가 꺾이지 않고 새로운 의견을 내놓았습니다.

"젊은 양반이 좋은 얘기해 줘서 고마워요. 그 생각을 못한 건 실수였

---

7 감옥소 : '감옥'을 속되게 이르는 말

어요. 그럼 이렇게 하는 게 어떻겠어요? 베란다 쪽으로 난 유리창에 새로운 자물쇠를 달면요? 우리 쇠붙이 회사에서 요새 발명해서 특허를 낸 자물쇠인데 한번 잠갔다 열려면 열쇠 가지고도 반나절은 넘게 걸리고, 그동안에는 시끄러운 소리가 계속 난다니 노인네나 아이들이 몰래 열고 나갈 가망은 절대로 없잖아요."

"그렇지만 엄마들이 집을 비우는 시간이 어디 반나절만 되나요?"

구석에 앉은 젊은 엄마가 말했습니다.

"그러니까 시끄러운 소리를 나게 한 거 아닙니까? 시끄러운 소리가 반나절이나 나면 이웃끼리 서로 연락을 해서 사고를 미연에 방지할 수가 있으니까."

"참, 그렇겠군요."

젊은 엄마가 고개를 움츠렸습니다.

"그렇지만, 여러분."

여태까지 잠자코 있던 노교수님이 반백8의 머리를 쓰다듬으며 일어섰습니다.

"창을 열기가 너무 어렵다고 생각하지 않으십니까? 우리 궁전 아파트의 특징은 여름엔 창문을 꼭꼭 닫고 살다가 겨울엔 활짝 열어 놓고 사는 것인데, 겨울에 창이 닫혀 있어 봐요. 사람들이 뭐라고 하겠어요? 이건 우리 아파트의 품위에 관계되는 중대한 문젭니다. 물론 아파트값과도 상

---

8 반백 : 흰색과 검은색이 반반 정도인 머리털

관이 있는 문제입니다만······."

노교수님이 품위 있게 슬쩍 말끝을 흐렸습니다. 그러나 아파트값을 들먹였다는 것으로 노교수님의 말씀은 단박 사람들의 마음을 사로잡았습니다.

뚱뚱한 여자는 두 가지 쇠붙이를 다 팔아먹을 수 없게 되자 풀이 죽어 제자리에 앉아 버렸습니다.

"제 생각으로는······."

노교수님이 천천히 입을 열었습니다. 사람들의 눈길이 노교수님의 우물대는 입가로 모였습니다.

"제 생각으로는 할머니가 두 분씩이나 왜 갑자기 살고 싶지 않아졌나, 우리는 그걸 먼저 알아야 된다고 생각합니다. 중요한 건 그 분들이 목숨을 끊고 싶어 끊었지, 베란다가 있기 때문에 끊은 건 아니라는 겁니다. 목숨을 꼭 끊고 싶으면 베란다 아니라도 끊을 데는 얼마든지 있습니다."

"옳소, 옳소."

젊은 아저씨가 눈을 빛내면서 큰 소리로 동의했습니다.

"그분이 왜 목숨을 끊고 싶었을지에 대해 아는 대로 대답해 주십시오. 먼저 돌아가신 할머님의 따님과 며느님."

교수님은 교수님답게 대답을 기다리지 않고 지적을 합니다. 저번에 돌아가신 할머니는 딸하고 같이 사셨고, 이번에 돌아가신 할머니는 아들하고 같이 사셨답니다. 두 할머니의 딸과 며느리는 고개를 숙이고 눈물을 닦을 뿐 대답을 못 합니다.

"무엇을 부족하게 해 드리지 않았습니까"

교수님은 울고 있는 아주머니들을 똑바로 바라보면서 따지듯이 말했습니다.

"아니오, 그런 일 없습니다. 저의 어머니의 방 냉장고는 늘 어머니께서 즐기시는 음식으로 가득 채워졌고, 옷장엔 사시장철 충분히 갈아입을 수 있는 비단옷으로 가득 차 있었습니다. 어머니께서 돌아가신 후 그걸 다 양로원에 기부했는데, 열 사람의 노인네가 돌아가실 때까지 입을 수 있을 거라고 했습니다. 필요하시다면 그분들을 증인으로 부를 수도 있습니다."

"아, 알겠습니다. 이번엔 며느님에게 변명할 기회를 드리겠습니다."

"저도 마찬가지입니다. 지금도 그분의 방이 그대로 증거로 보존돼 있습니다만, 부족한 건 아무것도 없습니다. 제 방과 똑같은 크기의 방에 제 방에 있는 건 그분의 방에도 다 있습니다. 그분이 한 번도 듣지 않은 전축9이나 녹음기도 제 방에 있는 것이기 때문에 그분 방에도 들여놓았습니다. 그랬건만 그분은 늘 불만이셨습니다."

"바로 그겁니다. 그걸 말씀해 주셔야 합니다."

교수님이 마침내 유도 신문10에 성공한 형사처럼 좋아하며 그 아주머니 앞으로 한 발 다가갔습니다.

"그분은 손자를 업어서 기르고 싶어 하셨어요."

---

9 전축 : 레코드판의 홈을 따라 바늘이 돌면서 받는 진동을 전류로 바꾸고, 이것을 증폭하여 확성기로 확대하여 소리를 재생하는 장치

10 유도 신문 : 증인을 신문하는 사람이 희망하는 답변을 암시하면서, 증인이 무의식중에 원하는 대답을 하도록 꾀어 묻는 일

"그건 안 되죠. 안짱다리11가 되니까."

"그분은 바느질을 좋아해서 뭐든지 깁고12 싶어 하셨어요. 특히 버선을 깁고 싶어 하셨죠."

"점점 더 어렵군요. 요새 버선이라니? 더군다나 기워서 신는 버선을 어디 가서 구하겠소."

"그분은 또 흙에다 뭘 심고, 거름을 주고, 김을 매고 싶어 하셨어요. 그분은 시골에서 자란 분이거든요."

"참으로 참으로 어려운 분이셨군요."

교수님이 낙담을 합니다. 이때 젊은 아저씨가 또 나섭니다.

"이제야 알겠습니다. 그분은 고향이 그리워서 돌아가셨군요."

"저희 어머니는 이 도시가 고향인데도 어느 날 베란다에서 떨어지셨어요."

먼저 돌아가신 할머니의 딸이 젊은 아저씨에게 대들었습니다.

"고향이 시골이 아니어도 마찬가지일 겁니다. 도시에서도 사람 살아가는 모습이 예전보다 너무 많이 달라졌으니까요. 노인들은 예전의 사람 사는 모습이 그리워서 더 이상 살고 싶지가 않았을 겁니다. 그렇지만 제 아무리 효자라도 세월을 거꾸로 흐르게 할 수는 없습니다. 이렇게 문명화된 세상에 돈 가지고 안 되는 일이 아직도 남아 있다는 건 참으로 통

---

11 안짱다리 : 두 발의 끝이 안쪽으로 향해 굽은 다리
12 깁다 : 다른 헝겊 조각을 대거나 또는 그대로 꿰매다.

탄할 일입니다."

젊은 아저씨가 이렇게 결론을 내리자 장내가 숙연해졌습니다.

나는 이번에야말로 내가 나설 차례라고 생각했습니다. 다시 목구멍이 간질간질하고 가슴이 울렁거리고 오줌이 마려웠습니다.

나는 베란다에서 떨어져 목숨을 끊고 싶은 생각을 맨 마지막으로 막아 줄 수 있는 게 쇠창살이 아니라 민들레 꽃이라는 걸 알고 있습니다. 마찬가지로, 할머니가 살고 싶지 않아진 게 세월을 거꾸로 흐르게 할 수 없었기 때문이 아니란 것도 알고 있습니다. 둘 다 상상이나 남에게 들어서 알고 있는 게 아니라, 스스로 겪어서 알고 있는 것이기 때문에 확실합니다. 나는 어른이 되려면 아직 먼 어린 사람인데도 살고 싶지 않았던 적이 있습니다. 정말입니다.

나는 그것을 말하고 싶은 마음을 참을 수가 없어서 쇠사슬처럼 단단하게 나를 껴안은 엄마의 팔에서 드디어 벗어났습니다. 그리고 회장석이 있는 앞으로 나가려고 했습니다. 꼭꼭 끼여 앉은 어른들을 헤치려니 어떤 아저씨는 어깨를 짚었다고 눈을 부라리고, 어떤 아줌마는 발가락을 밟았다고 비명을 지릅니다. 그러건 말건 나는 반장도 모르는 어려운 문제의 답을 나만이 알고 있을 때처럼 의기양양 신이 나서 사람들을 마구 밀치고 드디어 앞으로 나섰습니다.

그러자 내가 미처 입을 떼기도 전에 회장이 탁자를 탁 치며 호령을 했습니다.

"누굽니까 도대체 누굽니까 이런 중대한 모임에 어린이를 데리고 온 분이 누굽니까?"

"죄송합니다. 미안합니다. 얘가 막내라서, 버릇이 없어서……."

어느 틈에 엄마가 따라 나와 나를 치마폭에 싸면서 어쩔 줄을 모릅니다.

"그 아이를 데리고 먼저 퇴장할 것을 회장의 권한으로 허락합니다. 여러분 이의가 없으시겠죠?"

회장이 말했습니다. 모두 이의가 없다면서 엄마와 나의 퇴장을 찬성했습니다.

"이 회의에서 앞으로 결정한 일은 서면13으로 통지할 테니 빨리 그 애를 데리고 돌아가시오."

저도요, 저도요, 딴 엄마들도 회장한테 퇴장할 것을 허락받고자 손을 들었습니다. 이유는, 집에 놓고 온 아이가 베란다에서 떨어질까 봐 불안해서 더 이상 회의만 지켜볼 수 없다는 것이었습니다. 회장은 그런 엄마에게도 퇴장을 허락했습니다.

엄마와 나를 선두로 여러 엄마들이 회의장을 물러났습니다. 집에 돌아온 나는 엄마에게 호된 꾸지람을 들었습니다.

나는 꾸지람을 들은 것보다 내가 알고 있는 사실을 발표하지 못한 것이 억울하고 슬펐습니다. 내가 알고 있는 걸 어른들이 귀담아 들어만 주었더라면, 베란다에서 사람이 떨어져 죽는 일을 미리 막는 데 적지 않은 도움이 되었을 것입니다.

내가 지금보다 더 어렸을 적입니다. 학교에도 가기 전이었으니까요. 어

---

13 서면 : 일정한 내용을 적은 문서

느 날, 누나와 형이 학교에서 만든 꽃을 한 송이씩 들고 왔습니다. 내일이 어버이날이라나요. 누나와 형은 또 조그만 선물 꾸러미도 마련해 놓고 있었습니다. 내일 아침 꽃과 함께 엄마 아빠께 드릴 거라고 했습니다.

그날 밤, 나도 꽃을 만들었습니다. 누나가 쓰던 색종이를 오려서 만든 꽃은 보기에는 누나나 형 것만 훨씬 못해 보였습니다. 그러나 정성 들여 만든 것이기 때문에 엄마 아빠가 신통해 하실 것으로 믿고 가슴이 잔뜩 부풀어 있었습니다. 선물은 장만하지 않았습니다. 나는 학교에도 들어가기 전이라 용돈이 없으니까, 그것으로 엄마 아빠가 섭섭해할 리는 없었습니다.

어버이날 아침이 되었습니다. 아침상에서 누나가 먼저 선물과 꽃을 아빠 앞에 내어놓았습니다. 아빠는 누나에게 뽀뽀하고 선물을 풀었습니다. 넥타이핀이 나왔습니다. 아빠는 입이 귀에까지 가 닿게 크게 웃으시면서 그 자리에서 넥타이핀을 넥타이에 꽂고, 꽃은 양복 깃14에 달았습니다. 아빠의 얼굴이 예식장의 신랑처럼 행복하고 젊어 보였습니다.

다음에는 형이 꽃과 선물을 엄마한테 드렸습니다. 엄마가 형한테 뽀뽀하고 선물을 풀었습니다. 오색찬란한 브로치가 나왔습니다. 엄마는 까악 소리를 내면서 좋아하시더니 브로치를 당장 블라우스에 달고, 꽃은 단춧구멍에 끼우셨습니다.

다음은 내 꽃을 드릴 차례입니다. 그러나 형과 누나는 내 차례는 주지

---

14 양복 깃 : 양복 윗옷에서 목둘레에 길게 덧붙여 있는 부분

도 않고 어버이날 노래를 부르기 시작했습니다. 나는 그 노래를 모르기 때문에 따라하지 못했습니다.

형과 누나의 노래를 들으며 부끄러워하고 좋아하시는 엄마 아빠의 모습이 꼭 신랑 신부처럼 곱고 앳돼 보였습니다. 나는 엄마 아빠가 아무쪼록 오래오래 아름답고 젊기를 마음속으로 바랐습니다. 그런 바람을 전하는 마음으로 나는 점잖고 조용히 나의 꽃을 엄마와 아빠의 사이에 놓았습니다. 꽃을 두 송이 준비할 걸 하고 후회도 했습니다만, 어느 분이 가져도 상관없다고 생각했습니다. 두 분이 함께 쓰는 물건이 한두 가지가 아니기 때문입니다. 두 분께 꽃을 드리고 나자 나는 뽐내고 싶은 마음보다는 부끄러운 마음이 더해서 고개를 숙이고 아침도 먹는 둥 마는 둥 했습니다.

누나와 형은 학교에 갔습니다. 아빠는 꽃을 단 채 출근했습니다. 엄마도 꽃을 단 채 노래를 부르면서 집안일을 했습니다. 나는 놀이터에 나가 놀았습니다.

놀이에 싫증도 나고 배도 고프기도 해 집에 들어와 냉장고를 열려다가 나는 내 꽃을 보았습니다. 내 꽃은 식당 구석에 있는 쓰레기통 속에 과일 껍질과 밥찌꺼기와 함께 버려져 있었습니다.

그때 엄마는 거실에서 전화를 걸고 있었습니다. 오래간만에 소식을 알게 된 친구로부터 온 전화인가 봅니다. 아이는 몇이나 되나, 친구가 물어본 모양입니다. 엄마는 한숨을 쉬면서 대답했습니다.

"글쎄 셋이란다. 창피해 죽겠지 뭐니. 우리 동창이나 우리 아파트에 사는 사람들을 아무리 살펴봐도 하나 아니면 둘이지, 셋씩 낳은 사람은 하나도 없더구나. 창피해 얼굴을 들고 다닐 수가 없단다. 어쩌다 군더더기로 막내를 하나 더 낳아 가지고 이 고생인지, 막내만 아니면 내가 지금쯤 얼마나 홀가분하겠니? 막내만 아니면 내가 남부러울 게 뭐가 있니?"

그때 나는 처음으로 엄마에게 내가 필요하지 않다는 사실을 알았습니다. 나에겐 나의 가족이 필요한데, 나의 가족은 나를 필요로 하지 않는다는 건 나에겐 견디기 어려운 슬픔이었습니다.

엄마는 늘 나를 막내, 우리 귀여운 막내 하면서 사랑해 주셨기 때문에 나는 한 번도 엄마가 나를 사랑한다는 것을 의심해 본 적이 없었습니다. 그러나 엄마의 사랑은 거짓이었습니다. 나는 엄마를 진짜로 사랑했는데, 엄마는 나를 거짓으로 사랑했던 것입니다.

나는 말없이 집을 나왔습니다. 계단을 오르고 또 올랐습니다. 마침내 옥상까지 올랐습니다. 옥상에서 내려다보니까 사람들이 개미처럼 작게 보였습니다. 나는 살고 싶지 않다고 생각했습니다. 확실히 그렇게 생각했습니다. 내가 사랑하는 사람들이 내가 없어져 주었으면 하고 바라고 있는데, 내가 무슨 재미로 살아가겠습니까?

나는 옥상에서 떨어지기 위해 밤이 되길 기다렸습니다. 낮에 떨어지면 사람들이 금방 보게 되고 병원에 데리고 가서 살려 놓을지도 모르기 때문입니다. 나는 정말로 살고 싶지 않았기 때문에 밤까지 기다려야 했습니다.

밤을 기다리는 동안 춥지도 않았고 배고프지도 않았습니다.

아파트 광장에 차와 사람의 움직임이 멎자 둥근 달이 하늘 한가운데 와서 옥상을 대낮같이 비춰 주었습니다. 마치 세상에 달하고 나하고만 있는 것 같은 기분이 들었습니다. 그때 나는 민들레 꽃을 보았습니다. 옥상은 시멘트로 빤빤하게 발라 놓아 흙이라곤 없습니다. 그런데도 한 송이의 민들레 꽃이 노랗게 피어 있었습니다.

봄에 엄마 아빠와 함께 야외로 소풍 가서 본 민들레 꽃보다 훨씬 작아서 꼭 내 양복의 단추만 했습니다만 그것은 틀림없는 민들레 꽃이었습니다.

나는 하도 이상해서 톱니 같은 이파리를 들치고 밑동을 살펴보았습니다. 옥상의 시멘트 바닥이 조금 파인 곳에 한 숟갈도 안 되게 조금 흙이 모여 있었습니다. 그건 어쩌면 흙이 아니라 먼지일지도 모릅니다. 하늘을 날던 먼지가 축축한 날, 몸이 무거워 옥상에 내려앉았다가 비를 맞고 떠내려가면서 그곳이 움푹하여 모이게 된 것입니다. 그 먼지 중에 민들레 씨앗이 있었나 봅니다. 싹이 나고 잎이 돋고 꽃이 피게 하기에는 너무 적은 흙이어서 잎은 시들시들하고 꽃은 작은 단추만 했습니다. 그러나 흙을 찾아 공중을 날던 수많은 민들레 씨앗 중에서 그래도 뿌리내릴 수 있는 한 줌의 흙을 만난 게 고맙다는 듯이 꽃은 샛노랗게 피어서 달빛 속에서 곱게 웃고 있었습니다.

도시로 부는 바람을 탄 민들레 씨앗들은 모두 시멘트로 포장된 딱딱한 땅을 만나 싹을 틔우지도 못하고 죽어 버렸으련만, 단 하나의 민들레 씨앗은 옹색하나마[15] 흙을 만난 것입니다. 흙이랄 것도 없는 한 줌의 먼지

---

15 옹색하다 : 형편이 넉넉하지 못하여 생활에 필요한 것이 없거나 부족하다.

에 허겁지겁 뿌리를 내리고 눈물겹도록 노랗게 핀 민들레 꽃을 보자 나는 갑자기 부끄러운 생각이 들었습니다. 살고 싶지 않아 하던 것이 큰 잘못같이 생각되었습니다.

나는 집으로 돌아왔습니다. 온 가족이 나를 찾아 헤매다 돌아와서 슬피 울고 있었습니다. 엄마는 나를 껴안고 엉엉 울면서 말했습니다.

"아무 일도 없었구나, 막내야. 만일 너에게 무슨 일이 있으면 나도 더 살지 않으려고 했다."

엄마는 내가 무사히 돌아온 것만 반가워서 말없이 집을 나간 잘못에 대해선 나무라지도 않았습니다. 나 역시 엄마의 잘못에 대해서 말하지 않았습니다. 엄마가 나를 사랑하고 나를 필요로 한다는 것을 안 것만으로 충분했습니다. 그 일은 그렇게 끝났습니다.

그러나 그 일을 통해 사람은 언제 살고 싶지 않아지나를 알게 된 것입니다. 사람은 사랑하는 사람이 자기를 없어져 줬으면 할 때 살고 싶지가 않아집니다. 돌아가신 할머니의 가족들도 말이나 눈치로 할머니가 안 계셨으면 하고 바랐을 것이 틀림없습니다.

그리고 살고 싶지 않아 베란다나 옥상에서 떨어지려고 할 때 그것을 막아주는 건 쇠창살이 아니라 민들레 꽃이라는 것도 틀림없습니다. 그것도 내가 겪어서 알고 있는 일이니까요.

그러나 어른들은 끝내 나에게 그 말을 할 기회를 안 주었습니다.

선생님이 들려주는 그 시절 이야기

태환 : 안녕하세요? 선생님. 오늘도 말씀 듣고 싶어서 왔어요.

선생님 : 오늘은 어떤 작품을 읽었니?

서연 : 박완서의 「옥상의 민들레 꽃」이요.

선생님 : 읽고 난 소감은?

서연 : 어린이 화자가 이야기를 이끌어 가서 그런지 재밌게 읽혔어요. 자기가 관찰한 어른들의 모습이나 직접 겪은 사건을 어린이의 말투로 말하는 게 흥미로웠어요.

선생님 : 네 말대로 어린이 화자를 내세워 1인칭 시점으로 서술한 게 이 소설의 특징 중 하나지. 그런 방법으로 작품을 흥미 있게 만들면서 주제를 잘 드러냈고 말이야.

태환 : 저도 읽으면서 약간 동화적인 분위기를 느꼈어요. 그런데 담고 있는 내용은 우리 사회의 문제를 비판하는 거였어요.

선생님 : 그래, 그런 면에서 이 소설은 '어른들을 위한 동화'로도 볼 수 있어. 그런데 무슨 사회 문제였지?

태환 : 그게 이 작품의 주제인 거죠? 별로 어렵지 않게 알 수 있었어요. 사람들의 이기심과 돈만 최고로 여기는 물질 만능 주의를 비판하는 거 아닌가요?

선생님 : 그래 맞아. 작품을 잘 이해했구나. 그러면 어떤 이야기를 더

해줄까?

태환 : 선생님, 작품의 무대가 아파트잖아요? 고급 아파트요. 작품의 배경이 특별히 그렇게 설정된 이유가 있는 거 같은데 잘 모르겠어요. 부유한 사람들의 이기심과 욕심을 비판하기 위해서라는 건 대충 알겠지만요.

서연 : 저는 아파트값과 관련이 있는 거 같아요. 작품에서 사람들이 계속 아파트값을 걱정하잖아요. 할머니들의 죽음을 쉬쉬하고 자살 방지 대책을 마련하려는 것도 결국 아파트값이 떨어지는 걸 막기 위해서고요.

선생님 : 그래, 잘 보았다. 작품에서 묘사된 아파트의 모습은 우리 사회의 병리적인 현상과 관련이 있지. 아파트값 하면 뭐가 떠오르니?

태환 : 아, 부동산 문제요! 요즘에도 부동산 경기 과열이니 투기니 하는 기사들이 거의 매일 뉴스에 자주 나오잖아요.

선생님 : 맞아, 그 문제와 관련이 있다고 볼 수 있어. 이 소설이 발표된 건 1979년이야. 그 무렵인 1970~1980년대에는 우리나라 경제가 성장하면서 국민 소득이 올라가고 고질적인 가난에서 벗어나던 시기였어. 한편으론 물질 만능 주의가 사회에 강하게 자리 잡은 시기이기도 하고…….

이런 시대 변화와 연관된 현상의 하나가 대규모 아파트 건설이야. 특히 당시 강남 지역에는 과수원이나 뽕밭이었던 땅을 계획적으로 개발하면서 수많은 아파트가 지어졌어. 지금 재건축을 했거나 준비 중인 강남의 아파트들이 그 시절 지어진 것들이지.

그런데 그때에는 서울과 수도권 인구에 비해 주택이 많이 부족해서 집값이 빠르게 올랐어. 그중에서도 교통이 편리하고 편의 시설이 발달한 강남의 아파트들은 매우 빠른 속도로 가격이 뛰었지.

서연 : 그래서 작품 속에서 주민들이 아파트값에 그렇게 민감하게 반응했던 거군요. 아파트 가격이 오르고 내림에 따라 큰돈을 벌거나 그렇지 않을 수도 있어서요.

선생님 : 맞아. 아파트를 편안하게 사는 공간이 아니라 돈벌이의 수단으로 여겼던 거야. 실제로 그 시절부터 우리나라에는 아파트를 중심으로 부동산 열풍이 불고 부동산을 사고팔면서 돈을 버는 투기꾼들도 나타나기 시작했어.

태환 : 네, 알겠습니다. 그런데 아파트값이 오르는 게 그렇게 나쁜 건가요?

선생님 : 물가와 함께 어느 정도 오르는 건 문제가 없겠지. 그러나 비정상적으로 급격하게 집값이 뛰는 일은 많은 부작용을 낳는단다.

우선 부자들은 집을 한 채, 또는 여러 채 가지고 저절로 큰돈을 벌게 되지만, 재산이 없는 사람들은 일을 해도 뛰는 집값을 마련하지 못해 평생 남의 집을 떠돌면서 점점 더 가난해지지. 빈부 격차가 더 심해진다는 말이다.

또 집값이 폭등해 가만히 앉아서 버는 돈이 근로 소득보다 훨씬 많다면, 사람들은 일할 의욕을 잃거나 한탕주의에 빠지기 쉽지. 건전한 사회의 모습이라 할 수 없지.

서연 : 그런 현상은 이기심이나 물질 만능 주의도 조장하는 거 같아요. 남이 어떻게 되든 나만 손쉽게 큰돈을 벌면, 남을 배려하거나 사랑하는 마음은 점점 사라지고 무슨 수를 써서라도 돈만 벌면 된다는 생각이 강해질 거 같아요.

선생님 : 작가도 바로 그런 생각으로 이 작품을 썼을 거야.

태환 : 그런데 선생님, 요즘 뉴스 보도나 기사를 보면 지금도 이 작품의 상황과 크게 다르지 않은 거 같아요.

선생님 : 동감이다. 거의 40년 전에 발표된 작품인데, 나도 그 내용이 낡았다거나 어색하게 느껴지지 않아. 그건 우리 사회의 병폐가 그대로라는 말이니 씁쓸한 일이구나. 어쨌든 작가가 일찍이 이런 사회 현상을 꿰뚫어 보고 작품화했다는 것은 대단하지 않니?

서연 : 정말, 그래요. 작가의 다른 작품도 읽고 싶어요. 오늘도 좋은 말씀 감사합니다.

태환 : 선생님, 저도요.

돌다리

이태준(1904~?)

작가 소개

이태준은 강원도 철원에서 태어났다. 어릴 때 부모님이 돌아가시는 바람에 어려운 환경에서 자랐다. 1924년 휘문고등보통학교에 입학하여 가람 이병기에게 지도받으며 문학적 소양을 쌓아 갔으나, 학내 시위에 가담한 일로 퇴학당하였다.

1926년에 일본으로 건너가 조오치대학에 입학했으나 이듬해 중퇴하고 귀국하였다. 이후 잡지사 기자와 전문대학 강사, 신문의 학예부장 등을 지냈다. 1933년에 김기림, 정지용 등과 '구인회'를 결성하여 순수문예운동을 펼쳤고, 1939년부터는 당대의 대표적인 문학 잡지였던 『문장』을 주재하며 문단에 큰 영향을 미쳤다.

일제 말기에는 일제의 압박을 이기지 못해 소극적으로 친일 행위를 하다가 절필하고 고향으로 내려갔다. 해방 후에는 사상을 전환하여 좌익 문학 단체에서 활동하다가 1948년 월북하였다. 이후 한국 전쟁 때 종군 기자로 활동했지만, 전쟁 후 숙청되어 60년대 초 사망한 것으로 전해지고 있다.

1925년에 「오몽녀」를 발표하며 등단했지만, 그가 본격적으로 작품 활동을 펼친 것은 1930년대에 들어서였다. 이 시기 발표된 주요 작품으로는 「달밤」, 「손 거부(孫巨富)」, 「까마귀」, 「복덕방」 등이 있다. 이들 작품에서 작가는 순박하거나 불우한 인물, 가난하고 무력한 노인

등의 인물을 통해 소박한 인간애와 연민, 사라져가는 것에 대한 향수와 허무 의식을 그렸다.

이런 주제는 시대 상황에 대한 적극적 대응과는 거리가 있는 것이었다. 그의 소설의 주류를 형성한 것은 이런 경향이었으나, 한편으론 만주로 이주해 간 농민들이 황무지 개간을 위해 고투하는 이야기를 담은 「농군」을 발표하여 현실 인식을 보여 주기도 하였다.

광복 후의 작품들은 이념적 전환과 함께 큰 변화를 보였다. 자전적 성격의 소설 「해방 전후」에서 그는 광복 전후의 현실을 배경으로 좌파 이념을 선택해 간 과정을 그렸다. 한국 전쟁 무렵에는 작품집 『첫 전투』와 『고향길』을 발표하였는데, 수록작들이 이념적 성향과 목적의식을 노골적으로 드러내며 예술적 성과를 보여 주지는 못하였다.

이태준은 등단 이후 한국 전쟁 무렵까지 30여 년 동안 많은 단편과 중장편을 함께 남겼다. 그중에서도 그의 문학적 특성과 성취는 단편 소설에서 두드러졌다.

그의 단편에서 돋보이는 것은 주제보다는 예술적 기교와 형식미였다. 당대 가장 아름다운 산문을 쓰는 미문가로 꼽혔던 그는 특유의 운치 있고 세련된 문체를 구사하며, 짜임새 있는 구성과 개성적인 인물 묘사로 서정성 짙은 작품들을 선보였다. 이처럼 높은 형식적 완성도와 예술적 정취를 보여 주는 작품 세계로 인해, 그는 우리나라의 대표적인 단편 소설 작가로 평가받고 있다.

작품 해설

이 소설은 일제 말기의 농촌 마을을 배경으로 아버지와 아들이 땅을 파는 문제를 둘러싸고 갈등하는 모습을 통해 근대의 물질주의적 가치관에 대한 비판 의식을 드러낸 작품이다.

창섭은 서울에서도 수술을 잘 하기로 정평이 난 의사이다. 누이 창옥이 의사의 오진으로 죽는 일을 겪고 나서 아버지의 뜻과는 다르게 의학전문학교에 들어가 의사가 되었던 터였다. 이제는 권위 있는 의사가 된 창섭은 병원 확장 자금을 마련하기 위해 고향에 내려온다. 부모님을 설득하여 땅을 팔려는 것이다.

아버지는 동네에 나무다리가 새로 놓였음에도 지난 장마에 망가진 돌다리를 고치고 계신다. 잠시 후 아버지와 마주앉은 창섭은 땅을 팔고 서울로 함께 올라갈 것을 청한다. 그러나 아버지는 땅은 천지만물의 근거로 금전적 가치로만 볼 수 없다는 말로 거절한다. 이에 창섭은 아버지의 생각을 수긍하는 한편 서로의 세계가 갈라져 나누어짐을 느끼면서 서울로 돌아간다.

작품의 줄거리는 땅을 파는 일을 두고 아버지와 아들이 대립하는 모습을 그린 것이다. 그러나 이 소설이 금전적인 문제를 둘러싼 가족 간의 갈등을 다루는 것은 아니다. 작품이 묘사하는 것은 시대 변화에 따른 가치관의 충돌이다.

작품 속에서 아버지와 아들은 당시 교차하던 가치관을 대변하며 주제 의식을 형성한다. 아버지가 전통적인 삶의 방식을 지키려는 인물로서 자연친화적이고 정신적인 가치를 나타낸다면, 아들은 근대적인 삶을 지향하는 인물로서 실용적이고 물질적인 가치관을 대변한다.

　여기서 땅을 단지 돈으로 바꿀 수 있는 물질로 여기는 아들의 생각은, 본질적이고 인간적인 가치를 중시하는 아버지의 신념과 논리에 의해 반박당한다. 이를 통해 물질적 욕망과 실용성만을 추구하는 근대의 자본주의적 가치관이 비판되고 있는 것이다.

　이런 주제는 '돌다리'라는 상징적 소재를 통해 더욱 선명하게 부각된다. 돌다리는 오래가며 잘 변형되지 않는 불변성을 상징한다. 이는 편리하고 실용적이지만 쉽게 변하는 나무다리와 대비되는 특성이다. 또 아버지에게 돌다리는 가족들의 삶의 흔적과 추억이 서려 있는 대상이며, 조상의 상돌을 옮긴 다리요 자신이 죽어서도 건너갈 다리이다. 즉, 전통의 계승을 의미하는 존재인 것이다. 새로운 나무다리가 세워졌음에도 아버지가 수고롭게 돌다리를 고치는 이유가 여기에 있다.

　이처럼 상징적인 인물과 소재의 대비를 통해 근대의 부정적 속성을 드러내며 우리가 되새겨보아야 할 가치를 제시하고 있는 것이 이 작품의 특징이라 할 수 있다.

돌다리

정거장에서 샘말 십 리 길을 내려오느라면 반이 될락 말락 한 데서부터 샘말 동네보다는 그 건너편 산기슭에 놓인 공동묘지가 먼저 눈에 뜨인다.

창섭은 잠깐 걸음을 멈추고까지 바라보았다.

봄에 올 때 보면, 진달래가 불붙듯 피어 올라가는 야산이다. 지금은 단풍철도 지나고 누르테테한[1] 가닥나무[2]들만 묘지를 둘러, 듣지 않아도 적막한 버스럭 소리만 울릴 것 같았다. 어느 것이라고 집어낼 수는 없어도, 창옥의 무덤이 어디쯤이라고는 짐작이 된다. 창섭은 마음으로 '창옥아' 불러 보며 묵례[3]를 보냈다.

다만 오뉘[4]뿐으로 나이가 훨씬 떨어진 누이였었다. 지금도 눈에 선하다. 자기가 마침 방학으로 와 있던 여름이었다. 창옥은 저녁 먹다 말고 갑자기 복통으로 뒹굴었다. 읍으로 뛰어 들어가 의사를 청해 왔다. 의사는 주사를 놓고 들어갔다. 그러나 밤새도록 열은 내리지 않았고 새벽녘엔 아파하는 것도 더해 갔다. 다시 의사를 데리러 갔으나 의사는 바쁘다

---

1 누르테테하다 : 낡고 오래되어 누른빛을 띠면서 탁하고 조금 검다.
2 가닥나무 : 졸참나무
3 묵례 : 말없이 고개만 숙이는 인사
4 오뉘 : '오누이'의 준말. 오라비와 누이를 아울러 이르는 말

고 환자를 데려오라 하였다. 하라는 대로 환자를 데리고 들어갔으나 역시 오진을 했었다. 다시 하루를 지나 고름이 터지고 복막5이 절망적으로 상해 버린 뒤에야 겨우 맹장염인 것을 알아낸 눈치였다.

그때 창섭은, 자기도 어른이기만 했으면 필시 의사의 멱살을 들었을 것이었다. 이런, 누이의 허무한 죽음에서 창섭은 뜻을 세워, 아버지가 권하는 고농6을 마다하고 의전7으로 들어갔고, 오늘에 이르러는, 맹장 수술로는 서울서도 정평이 있는 한 권위가 된 것이다.

'창옥아, 기뻐해 다오. 이번에 내 병원이 좋은 건물을 만나 커지는 거다. 개인 병원으론 제일 완비한 수술실이 실현될 거다! 입원실 부족도 해결될 거다. 네 사진을 크게 확대해 내 새 진찰실에 걸어 노마….'

창섭은 바람도 쌀쌀할 뿐 아니라, 오후 차로 돌아가야 할 길이라 걸음을 재우쳤다8.

길은 그전보다 넓어도 졌고 바닥도 평탄하였다. 비나 오면 진흙에 헤어날 수 없었는데 복판으로는 자갈이 깔리고 어떤 목9은 좁아서 소바리10

---

5 복막 : 내장 기관을 싸고 있는 얇은 막

6 고농 : '고등 농림학교'의 약자. 일제 강점기에 농업 및 임업에 관한 전문 지식을 교육하던 실업 학교이다.

7 의전 : '의학 전문학교'의 약자. 일제 강점기에 의학을 가르치던 전문학교이다. 지금의 의과 대학으로 볼 수 있다.

8 재우치다 : 빨리 몰아치거나 재촉하다.

9 목 : 통로 가운데 다른 곳으로는 빠져나갈 수 없는 중요하고 좁은 곳

10 소바리 : 등에 짐을 실은 소. 또는 그 짐

가 논으로 미끄러져 들어가기 십상이었는데 바위를 갈라내어서까지 일매지게11 넓은 길로 닦아졌다. 창섭은, '이럴 줄 알았더면 정거장에서 자전거라도 빌려 타고 올걸.' 하였다.

눈에 익은 정자나무 선 논이며 돌각담을 두른 밭들도 나타났다. 자기집 논과 밭들이었다. 논둑에 선 정자나무는 그전부터 있은 것이나 밭에 돌각담들은 아버지께서 손수 쌓으신 것이다.

창섭의 아버지는 근검으로 근방에 소문난 영감이다. 그러나 자기 대에 와서는 밭 하루갈이12도 늘쿠지는13 못한 것으로도 소문난 영감이다. 곡식 값보다는 다른 물가들이 높아졌을 뿐 아니라 전대14에는 모르던 아들의 유학이란 것이 큰 부담인 데다가,

"할아버니와 아버니께서 나를 부자 소린 못 들어도 굶는단 소린 안 듣고 살도록 물려주시구 가셨다. 드럭드럭15 탐내 모아선 뭘 허니. 할아버니께서 쇠똥을 맨손으로 움켜다 너시던 논, 아버니께서 멍덜16을 손수 이룩허신 밭을 더 건17 논으로 더 기름진 밭이 되도록, 닦달18만 해 가

---

11 일매지다 : 모두 고르고 가지런하다.

12 하루갈이 : 소를 데리고 하룻낮 동안 갈 수 있는 논밭의 넓이

13 늘쿠다 : '늘리다'의 방언. 이전보다 많아지게 하다.

14 전대 : 앞의 대. 곧 아버지의 대

15 드럭드럭 : 줄 같은 것이 드리우거나 늘어진 모양

16 멍덜 : 험한 바위나 돌 따위가 삐죽삐죽 나온 곳

17 걸다 : 흙이나 거름 따위가 기름지고 양분이 많다.

18 닦달 : 다루기 편하게 손질하고 매만짐

기에도 내겐 벅찬 일일 게다."

하고 절용해19 쓰고 남는 돈이 있으면 그 돈으로는 품20을 몇씩 들여서까지 비뚠21 논배미22를 바로잡기, 밭에 돌을 추려 바람맞이로 담을 두르기, 개울엔 둑막이하기, 그러다가 아들이 의사가 된 후로는, 아들 학비로 쓰던 몫까지 들여서 동네 길들은 물론, 읍 길과 정거장 길까지 닦아놓았다. 남을 주면 땅을 버린다고 여간 근실한23 자국24이 아니면 소작을 주지 않았고, 소를 두 필이나 매고 일꾼을 세 명씩이나 두고 적지 않은 전답25을 전부 자농26으로 버티어 왔다. 실속이 타작27만 못하다는둥, 일꾼 셋이 저희 농사해 가지고 나간다는 둥 이해만을 따져 비평하는소리가 많았으나 창섭의 아버지는 땅을 위해서는 자기의 이해만으로 타산하려 하지 않았다. 이와 같은 임자를 가진 땅들이라 곡식은 거둔 뒤,그루만 남은 논과 밭이되, 그 바닥들의 고름, 그 언저리들의 바름, 흙의부드러움이 마치 시루떡 모판28이나 대하는 것처럼 누구의 눈에나 탐스

---

19 절용하다 : 아껴 쓰다.

20 품 : 어떤 일에 필요한 일꾼을 세는 단위

21 비뚤다 : 바르지 못하고 한쪽으로 기울어지거나 쏠린 상태에 있다.

22 논배미 : 논두렁으로 둘러싸여 다른 논과 구분되는 논의 하나하나의 구역

23 근실한 : 부지런하고 진실하다.

24 자국 : 일정한 대상의 사람

25 전답 : 논밭

26 자농 : 자작농. 자기 땅에 자기가 직접 짓는 농사

27 타작 : 지주와 소작인이 수확한 곡식을 일정한 비율로 나누어 가지는 제도.

28 모판 : 음식을 담아 나르는 나무 그릇

럽게 흐뭇해 보였다.

이런 땅을 팔기에는, 아무리 수입은 몇 배 더 나은 병원을 늘쿠기 위해서나 아버지께 미안하지 않을 수 없었다. 그러나 잡히기나 해 가지고는 삼만 원 돈을 만들 수가 없었고, 서울서 큰 양관29을 손에 넣기란 돈만 있다고도 아무 때나 될 일이 아니었다.

'아버지께선 내년이 환갑이시다! 어머니께선 겨울이면 해마다 기침이 도지신다. 진작부터 내가 모셔야 했을 거다. 그런데 내가 시골로 올 순 없고, 천생 부모님이 서울로 가시어야 한다. 한동네서도 땅을 당신만치 못 거둘 사람에겐 소작을 주지 않으셨다. 땅 전부를 소작을 내어 맡기고는 서울 가 편안히 계실 날이 하루도 없으실 게다. 아버님의 말년을 편안히 해 드리기 위해서도 땅은 전부 없애 버릴 필요가 있는 거다!'

창섭은 샘말에 들어서자 동구30에서 이내 아버지를 뵐 수가 있었다. 아버지는, 가31에는 살얼음이 잡힌 찬물에 무릎까지 걷고 들어서서 동네 사람들을 축추겨32 돌다리를 고치고 계시었다.

"어떻게 갑재기 오느냐?"

"네, 좀 급히 여쭤봐야 할 일이 생겼습니다."

"그래? 먼저 들어가 있거라."

---

29 양관 : 서양식으로 지은 건물
30 동구 : 동네 어귀
31 가 : 경계에 가까운 바깥쪽 부분
32 축추기다 : 부추기다. 어떤 일을 하도록 북돋우어 주다.

동네 사람 수십 명이 쇠고삐33 두 기장34은 흘러 내려간 다릿돌35을 동아줄에 얽어 끌어올리고 있었다. 개울은 동네 복판을 흐르고 있어 아래위로 징검다리는 서너 군데나 놓였으나 하룻밤 비에도 일쑤 넘치어 모두 이 큰 돌다리로 통행하던 것이었다. 창섭은 어려서 아버지께 이 큰 돌다리의 내력을 들은 것이 아직도 기억에 남아 있다.

　"너이 증조부님 돌아가시어서다. 산소에 상돌36을 해 오시는데 징검다리로야 건네올 수가 있니? 그래 너이 조부님께서 다리부터 이렇게 넓구 튼튼한 돌루 노신 거란다."

　그 후 오륙십 년 동안 한 번도 무너진 적이 없었는데 몇 해 전 어느 장마엔 어찌 된 셈인지 가운데 제일 큰 장이 내려앉아 떠내려갔던 것이다. 두께가 한 자37는 실하고 폭이 여섯 자, 길이는 열 자가 넘는 자연석 그대로라 여간 몇 사람의 힘으로는 손을 댈 엄두부터 나지 못하였다. 더구나 불과 수십 보 이내에 면38의 보조를 얻어 난간까지 달린 한다한39 나무다리가 놓인 뒤의 일이라 이 돌다리는 동네 사람들에게 완전히 잊어버린 채 던져져 있던 것이었다.

---

33 쇠고삐 : 소의 굴레에 매어 끄는 줄
34 기장 : '길이'의 방언
35 다릿돌 : 개울이나 도랑을 건널 때 디디기 위하여 띄엄띄엄 놓은 돌
36 상돌 : 무덤 앞에 제물을 올려놓기 위해 넓적한 돌로 만들어 놓은 상
37 자 : 길이의 단위. 한 자는 약 30.3cm에 해당한다.
38 면 : 면사무소. 면의 행정 사무를 맡아보는 기관
39 한다한 : '한다고 한'의 준말로 보인다. '남이 알아줄 만한'의 뜻이다.

집에 들어가니, 어머니는 다리 고치는 사람들 점심을 짓느라고, 역시 여러 명의 동네 여편네들과 허둥거리고 계시었다.

"웬일인데 어째 혼자만 오느냐?"

어머니는 손자 아이들부터 보이지 않음을 물으신다.

"오늘루 가야겠어서 아무두 안 데리구 왔습니다."

"오늘루 갈 걸 뭘허 오누?"

"인전40 어머니서껀41 서울로 모셔 갈 채빌 하러 왔다우."

"서울루! 제발 아이들허구 한데서 살아 봤음 원이 없겠다."

하고 어머니는 땅보다, 조상님들 산소나 사당42보다 손자 아이들에게 더 마음이 끌리시는 눈치였다. 그러나 아버지만은 그처럼 단순히 들떠질 마음이 아니었다.

아버지는 아들의 뒤를 쫓아 이내 개울에서 들어왔다. 아들은, 의사인 아들은, 마치 환자에게 치료 방법을 이르듯이, 냉정히 차근차근히 이야기를 시작하였다. 외아들인 자기가 부모님을 진작 모시지 못한 것이 잘못인 것, 한집에 모이려면 자기가 병원을 버리기보다는 부모님이 농토를 버리시고 서울로 오시는 것이 순리인 것, 병원은 나날이 환자가 늘어 가나 입원실이 부족되어 오는 환자의 삼분지 일밖에 수용 못 하는 것, 지

---

40 인전 : '인제'의 방언. 말하고 있는 때로부터 곧.

41 서껀 : '~ 이랑 함께'의 뜻을 나타내는 보조사

42 사당 : 조상의 이름을 적은 나무패를 모셔 놓은 집. 조상을 기리는 관습이 있는 우리나라에서는 엄숙하고 중요한 장소로 여겨졌다.

금 시국에 큰 건물을 새로 짓기란 거의 불가능의 일인 것, 마침 교통 편한 자리에 삼층 양옥이 하나 난 것, 인쇄소였던 집인데 전체가 콘크리트여서 방화43 방공44으로 가치가 충분한 것, 삼층은 살림집과 직공들의 합숙실로 꾸미었던 것이라 입원실로 변장하기에 용이한 것, 각 층에 수도·가스가 다 들어온 것, 그러면서도 가격은 염한45 것, 염하기는 하나 삼만 이천 원이라, 지금의 병원을 팔면 일만 오천 원쯤은 받겠지만 그것은 새 집을 고치는 데와, 수술실의 기계를 완비하는 데 다 들어갈 것이니 집값 삼만 이천 원은 따로 있어야 할 것, 시골에 땅을 둔대야 일 년에 고작 삼천 원의 실리46가 떨어질지 말지 하지만 땅을 팔아다 병원만 확장해 놓으면, 적어도 일 년에 만 원 하나씩은 이익을 뽑을 자신이 있는 것, 돈만 있으면 땅은 이담에라도, 서울 가까이라도 얼마든지 좋은 것으로 살 수 있는 것……. 아버지는 아들의 의견을 끝까지 잠잠히 들었다. 그리고,

"점심이나 먹어라. 나두 좀 생각해 봐야 대답허겠다."

하고는 다시 개울로 나갔고, 떨어졌던 다릿돌을 올려놓고야 들어와 그도 점심상을 받았다.

점심을 자시면서였다.

---

43 방화 : 불이 나는 것을 미리 막음.
44 방공 : 적의 항공기나 미사일의 공격을 막음.
45 염하다 : 값이 싸다.
46 실리 : 실제로 얻는 이익

"원, 요즘 사람들은 힘두 줄었나 봐! 그 다리 첨 놀 제 내가 어려서 봤는데 불과 여남은47이서 거들던 돌인데 장정 수십 명이 한나절을 씨름을 허다니!"

"나무다리가 있는데 건 왜 고치시나요?"

"너두 그런 소릴 허는구나. 나무가 돌만 허다든? 넌 그 다리서 고기 잡던 생각두 안 나니? 서울루 공부 갈 때 그 다리 건너서 떠나던 생각 안 나니? 시쳇48 사람들은 모두 인정이란 게 사람헌테만 쓰는 건 줄 알드라! 내 할아버니 산소에 상돌을 그 다리루 건네다 모셨구, 내가 천잘49 끼구 그 다리루 글 읽으러 댕겼다. 네 어미두 그 다리루 가말 타구 내 집에 왔어. 나 죽건 그 다리루 건네다 묻어라……. 난 서울 갈 생각 없다."

"네?"

"천금이 쏟아진대두 난 땅은 못 팔겠다. 내 아버님께서 손수 이룩허시는 걸 내 눈으루 본 밭이구, 내 할아버님께서 손수 피땀을 흘려 모신 돈으루 장만허신 논들이야. 돈 있다구 어디가 느르지논50 같은 게 있구, 독시장밭51 같은 걸 사? 느르지논둑에 선 느티나문 할아버님께서 심으

---

47 여남은 : 열이 조금 넘는 수
48 시쳇 : 시체. '그 시대의 새로운 지식을 받은'이나 '그 시대의 유행이나 풍습을 따르는'의 뜻으로 쓰이는 말
49 천잘 : '천자를'의 축약형. 여기서 천자는 천자문을 가리키므로 '천자문을'의 의미가 된다.
50 느르지논 : 이태준의 고향 철원에 있던 기름진 논의 이름으로 보인다.
51 독시장밭 : 이태준의 고향 철원에 있던 좋은 밭의 이름으로 보인다.

신 거구, 저 사랑 마당에 은행나무는 아버님께서 심으신 거다. 그 나무 밑에를 설 때마다 난 그 어룬들 동상이나 다름없이 경건한 마음이 솟아 우러러보군 헌다. 땅이란 걸 어떻게 일시 이해를 따져 사구팔구 허느냐? 땅 없어 봐라, 집이 어딨으며 나라가 어딨는 줄 아니? 땅이란 천지만물의 근거야. 돈 있다구 땅이 뭔지두 모르구 욕심만 내 문서 쪽52으로 사모기만 하는 사람들, 돈놀이처럼 변리53만 생각허구 제 조상들과 그 땅과 어떤 인연이란 건 도시54 생각지 않구 헌신짝 버리듯 하는 사람들, 다 내 눈엔 괴이한 사람들루밖엔 뵈지 않드라."

"……."

"네가 뉘 덕으루 오늘 의사가 됐니? 내 덕인 줄만 아느냐? 내가 땅 없이 뭘루? 밭에 가 절하구 논에 가 절해야 쓴다. 자고로 하눌 하눌 허나 하눌의 덕이 땅을 통허지 않군 사람헌테 미치는 줄 아니? 땅을 파는 건 그게 하눌을 파나 다름없는 거다."

"……."

"땅을 밟구 다니니까 땅을 우섭게들 여기지? 땅처럼 응과55가 분명헌 게 무어냐? 하눌은 차라리 못 믿을 때두 많다. 그러나 힘들이는 사람에겐 힘들이는 만큼 땅은 반드시 후헌 보답을 주시는 거다. 세상에 흔해 빠진

52 쪽 : 종이나 문서의 작은 조각
53 변리 : 남에게 돈을 빌려 쓴 대가로 치르는 일정한 비율의 돈
54 도시 : 도무지
55 응과 : 원인에 따른 결과

지주들, 땅은 작인[56]들헌테나 맽겨 버리구, 떡 도회지에 가 앉어 소출[57]은 팔어다 모다 도회지에 낭비해 버리구, 땅 가꾸는 덴 단돈 일 원을 벌벌 떨구, 땅으루 살며 땅에 야박한 놈은 자식으로 치면 후레자식[58] 셈이야. 땅이 말을 할 줄 알어 봐라, 배가 고프단 땅이 얼마나 많을 테냐? 해마다 걷어만 가구, 땅은 자갈밭이 되니 아나, 둑이 떠나가니 아나? 거름한 번을 제대로 넣나, 정 급허게 돼 작인이 우는소리나 해야 요즘 너이 신의[59]들 주사침 놓듯, 애꿎인 금비[60]만 갖다 털어 넣지. 그렇게 땅을 홀댈[61] 허군 인제 죽어서 땅이 무서서 어디루들 갈 텐구"

창섭은 입이 얼어 버리었다. 손만 비비었다. 자기의 생각은 너무나 자기 본위[62]였던 것을 대뜸 깨달았다. 땅에는 이해를 초월한 일종 종교적 신념을 가진 아버지에게 아들의 이단적인 계획이 용납될 리 만무였다. 아버지는 상을 물리고도 말을 계속하였다.

"너루선 어떤 수단을 쓰든지 병원부터 확장허려는 게 과히 엉뚱헌 욕심은 아닐 줄두 안다. 그러나 욕심을 부련 못쓰는 거다. 의술은 예로부

---

56 작인 : 소작인. 다른 사람의 농지를 빌려 농사를 짓고 그 대가로 사용료를 지급하는 사람

57 소출 : 논밭에서 나는 곡식

58 후레자식 : 배운 데 없이 제물로 막되게 자라 교양이나 버릇이 없는 사람을 낮잡아 이르는 말

59 신의 : 양의. 서양 의학을 전공한 의사. 당시 오래전부터 있어온 '한의'를 '구의'라 하였고, 이에 대비하여 서양 의학을 배운 의사인 '양의'를 '신의'라고 불렀다.

60 금비 : 돈으로 사서 쓰는 거름이라는 뜻으로 화학 비료를 가리킨다.

61 홀댈 : '홀대를'의 축약형. '홀대'는 소홀히 대접함이라는 뜻이다.

62 본위 : 판단이나 행동에서 중심이 되는 기준

터 인술63이라지 않니? 매살 순탄허게 진실허게 해라."

"……."

"네가 가업을 이어나가지 않는다군 탄허지64 않겠다. 넌 너루서 발전
헐 길을 열었구, 그게 또 모리지배65의 악업이 아니라 활인허는66 인술
이구나! 내가 어떻게 불평을 말허니? 다만 삼사대 집안에서 공들여 이룩
해 논 전장67을 남의 손에 내맡기게 되는 게 저윽68 애석헌 심사가 없달
순 없구……."

"팔지 않으면 그만 아닙니까?"

"나 죽은 뒤에 누가 거두니? 너두 이제두 말했지만 너 문서 쪽만 쥐구
서울 앉어 지주 노릇만 허게? 그따위 지주허구 작인 틈에서 땅들만 얼말
곯는지 아니? 안 된다. 팔 테다. 나 죽을 임시엔 다 팔 테다. 돈에 팔 줄
아니? 사람헌테 팔 테다. 건너 용문이는 우리 느르지논 같은 건 한 해만
부쳐 보구 죽어두 농군으로 태났던 걸 한허지69 않겠다구 했다. 독시장밭
을 내논다구 해 봐라, 문보나 덕길이 같은 사람은 길바닥에 나앉드라두
집을 팔아 살려구 덤빌 게다. 그런 사람들이 땅 임자 안 되구 누가 돼야

---

63 인술 : 사람을 살리는 어진 기술이라는 뜻으로, '의술'을 이르는 말
64 탄하다 : 남의 말을 탓하여 나무라다.
65 모리지배 : 온갖 수단과 방법으로 자신의 이익만을 꾀하는 무리
66 활인허다 : 활인하다. 사람의 목숨을 구하여 살리다.
67 전장 : 자기가 소유하고 있는 경작지
68 저윽 : 적이. 꽤 어지간한 정도로
69 한허다 : 한하다. 몹시 억울하거나 원통하여 원망스럽게 생각하다.

옳으냐! 그러니 아주 말이 난 김에 내 유언이다. 그런 사람들 무슨 돈으로 땅값을 한목70 내겠니. 몇몇 해구 그 땅 소출을 팔아 연년이71 갚어 나가게 헐 테니 너두 땅값을랑 그렇게 받어 갈 줄 미리 알구 있거라. 그리구 네 모가 먼저 가면 내가 묻을 거구, 내가 먼저 가게 되면 네 모만은 네가 서울루 그때 데려가렴. 난 샘말서 이렇게 야인72으로 나, 죄 없는 밥을 먹다 야인인 채 묻힐 걸 흡족히 여긴다."

"……."

"자식의 젊은 욕망을 들어 못 주는 게 애비 된 맘으루두 섭섭허다. 그러나 이 늙은이헌테두 그만 신념쯤 지켜 오는 게 있다는 걸 무시하지 말어다구."

아버지는 다시 일어나 담배를 피우며 다리 고치는 데로 나갔다. 옆에 앉았던 어머니는 두 눈에 눈물을 쭈르르 흘리었다.

"너이 아버지가 여간 고집이시냐"

"아뇨. 아버지가 어떤 어룬이신 건 오늘 제가 더 잘 알었습니다. 우리 아버진 훌륭헌 인물이십니다."

그러나 창섭도 코허리가 찌르르하였다. 자기가 계획하고 온 일이 실패한 것쯤은 차라리 당연하게 생각되었고, 아버지와 자기와의 세계가 격리

---

70 한목 : 한 번에 모두
71 연년이 : 해마다 거르지 않고.
72 야인 : 시골에 사는 사람

되는 일종의 결별의 심사를 체험하는 때문이었다.

  아들은 아버지가 고쳐 놓은 돌다리를 건너 저녁차를 타러 가 버리었다. 동구 밖으로 사라지는 아들의 뒷모양을 지키고 섰을 때, 아버지의 마음도, 정말 임종에서 유언이나 하고 난 것처럼 외롭고 한편 불안스러운 심사조차 설레었다.

  아버지는 종일 개울에서 허덕였으나 저녁에 잠도 달게 오지 않았다. 젊어서 서당에서 읽던 백낙천73의 시가 다 생각이 났다. 늙은 제비 한 쌍을 두고 지은 노래였다. 제 배 속이 고픈 것은 참아 가며 입에 얻어 문 것은 새끼들부터 먹여 길렀으나, 새끼들은 자라서 나래74에 힘을 얻자 어디로인지 저희 좋을 대로 다 날아가 버리어, 야위고 늙은 어버이 제비 한 쌍만 가을바람 소슬한75 추녀76 끝에 쭈그리고 앉았는 광경을 묘사하였고, 나중에는, 그 늙은 어버이 제비들을 가리켜, 새끼들만 원망하지 말고, 너희들이 새끼 적에 역시 그러했음도 깨달으라는 풍자의 시였다.

  '흥……!'

---

73 백낙천 : 백거이. 당나라 중기의 위대한 시인
74 나래 : 주로 문학적인 글에서, '날개'를 이르는 말.
75 소슬하다 : 으스스하고 쓸쓸하다.
76 추녀 : 전통 목조 건축에서 네모지고 끝이 번쩍 들린, 처마의 네 귀에 있는 큰 서까래. 또는 그 부분의 처마

노인은 어두운 천장을 향해 쓴웃음을 짓고 날이 밝기를 기다려 누구보다도 먼저 어제 고쳐 놓은 돌다리를 보러 나왔다.

흙탕이라고는 어느 돌 틈에도 남아 있지 않았다. 첫곬77으로도, 가운뎃곬으로도, 끝엣곬으로도 맑기만 한 소담한 물살이 우쭐우쭐 춤추며 빠져 내려갔다. 가운뎃장으로 가 쾅 굴러 보았다. 발바닥만 아플 뿐 끄떡이 있을 리 없다. 노인은 쭈르르 집으로 들어와 소금 접시와 낯수건78을 가지고 나왔다. 제일 낮은 받침돌에 내려앉아 양치를 하고 세수를 하였다. 나중에는 다시 이가 저린 물을 한입 물어 마시며 일어섰다. 속의 모든 게 씻기는 듯 시원하였다. 그리고 수염엣 물을 닦으며 이렇게 생각하였다.

'비가 아무리 쏟아져도 어떤 한정79을 넘는 법은 없다. 물이 분수없이 늘어 떠내려갔던 게 아니라 자갈이 밀려 내려와 물구멍이 좁아졌든지, 그렇지 않으면, 어느 받침돌의 밑이 물살에 궁글어80 쓰러졌던 그런 까닭일 게다. 미리 바닥을 치고 미리 받침돌만 제대로 보살펴 준다면 만년을 간들 무너질 리 없을 게다. 그저 늘 보살펴야 허는 거다. 사람이란 하늘 밑에 사는 날까진 하루라도 천리81에 방심을 해선 안 되는 거다……'

---

77 곬 : 한쪽으로 트여 나가는 방향이나 길
78 낯수건 : 얼굴을 닦기 위한 수건
79 한정 : 수량이나 범위 따위의 한도
80 궁글다 : 착 달라붙어 있어야 할 물체가 들떠서 속이 비다.
81 천리 : 천지자연의 이치. 또는 하늘의 바른 도리

선생님이 들려주는 그 시절 이야기

태환 : 선생님, 안녕하세요? 이번에 읽은 소설은 이태준의 「돌다리」예요.

선생님 : 그래, 작품은 잘 읽혔니?

서연 : 사투리도 나오고 한자어나 옛말들이 많이 쓰여서 읽기가 조금 어려웠어요.

선생님 : 그래, 지금은 잘 쓰지 않는 말들이니 낯선 것은 당연하겠지. 그 래도 말뜻을 찾아가며 차근차근 읽으면 여러 가지로 도움이 된 단다. 어휘력도 늘고 우리말의 묘미도 알 수 있지. 그리고 그 말 을 쓰던 사람들의 생활 감정이나 사고방식도 생생하게 느낄 수 있어.

서연 : 네, 알겠습니다.

태환 : 그건 저도 마찬가지였는데, 그래도 주요 인물이 두 명뿐이고, 줄 거리도 단순한 편이어서 내용은 쉽게 이해됐어요.

선생님 : 그래 어떤 내용이라고 이해했니?

태환 : 아들은 병원을 확장하기 위해 땅을 팔자고 하고 아버지는 반대 한다는 줄거리인데, 중요한 것은 두 인물의 생각이 근본적으로 다르다는 점인 거 같아요.

선생님 : 그런 근본적인 생각을 '가치관'이라고 말할 수 있지. 그럼 두 사 람의 가치관은 어떻게 다르니?

태환 : 아버지는 예전부터 이어져 온 가치관을 지키려는 거 같고, 아들은 요즘 시대 같은 가치관을 보여 주는 거 같은데, 뭐라고 표현해야 할지는 잘 모르겠어요.

선생님 : 그래, 그건 전통적인 가치관과 근대적인 가치관이라는 말로 표현할 수 있을 거다.

서연 : 선생님, 그러면 그 둘은 어떻게 차이가 나는 건가요?

선생님 : 따지고 보면 여러 면에서 다른데, 작품의 내용을 중심으로 같이 생각해 보자. 우선 두 사람은 땅을 바라보는 관점이 다른데, 어떻게 다른 거지?

서연 : 음…… 작품을 보면, 아들은 땅을 팔아 그 돈으로 병원을 확장해 더 큰돈을 벌려고 하고, 아버지는 땅을 그런 금전적 가치로만 볼 수 없고 천지만물의 근거라고 하면서 매우 중요하게 여겨요.

선생님 : 그래 맞아. 아들의 그런 생각은 물질주의적 가치관이라고 할 수 있지. 땅을 비롯해 모든 대상을 돈, 그러니까 물질의 관점으로 바라보니까. 그건 이윤 추구를 기본으로 하는 근대 자본주의 사회의 부정적 속성으로 흔히 지적되어 온 거야.

이에 비해 땅에 대해 거의 종교적인 믿음을 보여 주는 아버지의 사고는 농경 사회의 일반적인 가치관인데, 물질보다는 정신적이고 인간적인 가치를 중시하는 특성이 있어.

물론 두 시대의 특성을 무조건 이렇게 이분법적으로 생각하면 곤란하지만, 근본적으로 이런 차이가 있는 것은 분명하지.

서연 : 그런데 이 작품은 일제 강점기를 배경으로 하고 있는데, 이 시기

에 이런 가치관의 대립이 심했나요? 아버지와 아들이 너무 다른 가치관을 가지고 있잖아요?

선생님 : 그렇다고 볼 수 있지. 이 작품이 발표된 일제 강점기는 우리 민족이 나라를 잃고 식민지가 된 시대이기도 하지만, 동시에 전근대적 농경 사회에서 벗어나 본격적으로 근대 사회에 접어든 시기이기도 해.

일제에 의해 왜곡된 형태였지만 서구적인 제도와 문물이 쏟아져 들어와 사람들 사이에 자리 잡기 시작했어. 그래서 전통적인 가치관이 급격하게 무너지고 근대의 물질주의적인 가치관이 만연했고, 두 가치관이 혼란스럽게 충돌하기도 했던 거지.

태환 : 네, 두 인물의 직업도 그런 변화를 암시하는 거 같아요. 아버지는 전통적인 가치를 고수하는 전형적인 농민이지만, 아들은 서양 의학을 전공한 '양의'로 나오잖아요. 더구나 땅을 팔아서 서양식 병원을 확장하고 더 큰돈을 벌려고 하고요.

선생님 : 그렇지. 그 외에도 작품을 보면 세상이 그렇게 변해 가는 모습을 암시하는 부분들을 더 찾아볼 수 있어. 가령 농민들 중에도 힘들게 퇴비를 만들어서 농사를 짓지 않고 '금비'라고 불린 화학 비료를 사용하는 사람들이 많아지기 시작한 걸로 나오지 않니? 당장의 편리와 이익만을 쫓는 농사법이 널리 자리 잡기 시작한 거라고 할 수 있지.

또 편리함을 상징하는 나무다리가 놓인 다음에 돌다리는 마을 사람들에게 잊혀 가는 걸로 그려지고 있지. 사람들이 인간적 가

치와 전통보다는 편리성과 효율성만을 추구하는 모습을 나타낸
거라고 볼 수 있어.

서연 : 네, 알겠습니다. 그런데 작품을 보면 아버지의 논리가 이기고,
아들이 수긍하고 돌아가는 걸로 나오잖아요? 하지만 그렇다고
우리가 농경 사회로 돌아갈 수도 없는데, 이런 결말은 어떻게 이
해해야 하죠?

선생님 : 물론 우리 사회가 전근대 사회로 돌아갈 수는 없지. 이 작품에서
결말이 그렇다고 작가가 농경 사회로 돌아가자고 주장한 건 아
니야. 다만 전통적 가치의 소중함을 깨닫고 근대 사회의 부정적
현상을 극복해 나가자는 뜻으로 이해해야겠지. 작품을 보면 아
버지도 아들이 가업을 잇지 않고 서양식 의사가 된 걸 인정하지
않니? 시대의 흐름 자체를 거부한 건 아니라고 봐야 해.

서연 : 네, 알겠어요. 오늘도 선생님 말씀 잘 들었습니다!

태환 : 저도요, 감사합니다.